妖《よう》怪《かい》の子預《あず》かります

廣嶋玲子・作
Minoru・絵

3

東京創元社

人物
久蔵《きゅうぞう》
太鼓長屋の大家の息子《むすこ》
千弥《せんや》
太鼓《たいこ》長屋に住む
按摩《あんま》の青年
玉雪《たまゆき》
兎《うさぎ》の妖怪《ようかい》
弥助《やすけ》
千弥の養《やしな》い子《ご》

登場
月夜公《つくよのぎみ》
妖怪奉行所《ぶぎょうしょ》
東《ひがし》の地宮《ちぐう》の奉行
飛黒《ひぐろ》
烏天狗《からすてんぐ》
津弓《つゆみ》
月夜公の甥《おい》
王蜜《おうみつ》の君《きみ》
妖猫族《ようびょうぞく》の姫
初音《はつね》
華蛇族《かだぞく》の姫《ひめ》

白嵐《びゃくらん》
自然《しぜん》の気から
生まれた妖怪《ようかい》
安天《あんてん》
西の山の子ども
雪福《ゆきふく》
化けふくろう
梅吉《うめきち》
梅の子妖怪

その他の人物

うぶめ………子どもを守る妖怪
鈴白《すずしろ》の姥狐《うばぎつね》………月夜公の乳母《うば》

目次

桜《さくら》の森に花まどう　9
真夏の夜に子妖《こよう》集《つど》う　53
紅葉《もみじ》の下に風解《と》かれ　87
冬の空に月は欠《か》け　127

妖怪《ようかい》の子預《あず》かります　3

桜《さくら》の森に花まどう

1

ここはお江戸《えど》の下町。貧乏《びんぼう》長屋がずらりとならび、やれ、こっちで夫婦《ふうふ》げんかだの、それ、あっちの便所《べんじょ》で子どもが落ちただのと、人々がにぎやかに暮《く》らしている。

そんな長屋の一角に、少年弥助《やすけ》は住んでいた。家族は養《やしな》い親《おや》で、目の見えない按摩《あんま》の千《せん》弥《や》一人。

じつを言うと、千弥《せんや》は人ではなかった。白嵐《びゃくらん》という大妖《たいよう》で、かつて人の世界に追放されてきたのだという。

一方の弥助《やすけ》は人間で、千弥《せんや》の正体を知ることもなく育てられていた。が、昨年《さくねん》の秋以来《いらい》、妖怪《ようかい》たちと深く関《かか》わるようになった。毎夜妖怪《ようかい》の子を預《あず》かり、世話をする、妖怪《ようかい》の子預《こあず》かり屋《や》となったのだ。

さいしょはいやがっていた弥助《やすけ》だが、いまではすっかり妖怪《ようかい》たちとも顔なじみ。妖怪《ようかい》たちもなにかというと弥助《やすけ》のもとを訪《たず》ねて来ては、おしゃべりを楽しんでいく。

その夜も、化けふくろうの雪福《ゆきふく》がやってきた。体は弥助《やすけ》よりも大きく、羽毛《うもう》は雪のように白い。赤々とした目が少々こわいのだが、いたって気のいい妖怪《ようかい》だ。

おしゃべりをしているうちに、花見の話になった。「今年は花見に行けなかったよ」と弥助《やすけ》が言うと、「そりゃいけない」と、雪福《ゆきふく》の首がくるりと回った。

「花見をせずに春を終わらせちゃいけません。ぜひとも花見をしようじゃありませんか」

「ちょっと寝《ね》ぼけてやしないかい？　もう皐月《さつき》の終わりなんだよ？　桜《さくら》なんか、とっくに散《ち》っちまってるじゃないか」

「だいじょうぶ。猫《ねこ》の姫《ひめ》さまのお庭には一年中、そりゃあ見事な桜《さくら》が咲《さ》いていますからね。あそこを貸《か》していただいて、花見をすればいい。なに。頼《たの》めば、一晩《ひとばん》くらい、庭先を貸《か》してくださるでしょう。気まぐれでこわいお方ですが、気前は悪くないはずですよ。準備《じゅんび》をしてくるんで、まあちょっと待っててくださいよ。せっかくの花見ですからね。あちこちに声をかけるつもりです。みんな、ごちそうをこしらえて、やってきますすよ」

「なんか……大がかりになりそうだね」

「大がかりにしたいんですよ。……子どもらの神隠《かみかく》しの一件《いっけん》で、弥助《やすけ》さんが活躍《かつやく》してくれたことは、みんなが知ってます。弥助《やすけ》さんが、あの人形師《にんぎょうし》と骸蛾《むくろが》を見つけてくれなかったら、子どもたちは決して親元にもどれなかったでしょうよ」

弥助《やすけ》は少し顔がひきつった。

少し前まで、子妖怪《こようかい》たちが次々とさらわれるという事件《じけん》がつづいていた。妖怪奉行所《ようかいぶぎょうしょ》もお手上げの状態《じょうたい》だった。必死《ひっし》の捜索《そうさく》にもかかわらず、さらわれた子どもらの行方《ゆくえ》も、下手人《げしゅにん》の正体も、まったくつかめなかったからだ。

そんな中、偶然《ぐうぜん》に偶然《ぐうぜん》が重なって、弥助《やすけ》が下手人《げしゅにん》たちのもとにたどりついた。そこから事件《じけん》は解決《かいけつ》し、子どもらは無事《ぶじ》に親元に帰ることができたのだ。

めでたしと言いたいところだが、まったく犠牲《ぎせい》がなかったわけではない。この一件《いっけん》では、弥助《やすけ》の知り合いの少女が一人、命を失《うしな》っていた。その少女、おあきを助けられなかったことは、弥助《やすけ》の中にいまだ傷《きず》を残《のこ》していた。

そして、するどい千弥《せんや》は、すぐさまこれに気づいた。ぴしりとした口調で雪福《ゆきふく》に言った。

「雪福《ゆきふく》。その話はしないでもらえるかい。思いだして気持ちのいいものじゃないんだから」

「ああ、これはすみません。とにかくね、みんな弥助《やすけ》さんにお礼がしたくて、うずうずしてるんです。ぜひとも、我々《われわれ》にその機会《きかい》をいただきたい。どうかどうかお願《ねが》いしますよ」

結局《けっきょく》、押《お》し切《き》られるようにして、弥助《やすけ》は妖怪《ようかい》たちと花見に行くことを約束《やくそく》してしまった。

雪福《ゆきふく》が帰ったあと、やれやれと、弥助《やすけ》は笑《わら》った。

「妖怪《ようかい》も花見が好《す》きなんだね。……花見、千にいもいっしょに行くよね？」

「もちろんだよ。行き先があの猫姫《ねこひめ》の庭なら、なおさらさ。あれは、なにをしでかすかわからないところがあるからね。まずないとは思うが、もし弥助《やすけ》に手を出してきたら……ちょいとしつけてやらなきゃなるまいね」

こわい顔でつぶやく千弥《せんや》に、弥助《やすけ》は少しぞっとしたのだった。

なんだかんだと日々は過《す》ぎ、あっという間に花見の日となった。

弥助《やすけ》はわくわくしながら、外を見た。だいぶ日は傾《かたむ》いている。

「千にい、そろそろ出ない？　約束《やくそく》の時間に遅《おく》れちゃ悪いし。ねえ、行こうよ」

そう言いながら、弥助《やすけ》は用意しておいた風呂敷包《ふろしきづつ》みを肩《かた》に背負《せお》った。ずっしりと重い。

朝からがんばってこしらえたいなり寿司《ずし》が、重箱の中にぎっしりつめてあるのだ。

あまからく炊《た》いた油揚《あぶらあ》げに、さっぱりとした酢飯《すめし》をつめたいなり寿司《ずし》。自慢《じまん》するわけではないが、いい味にできている。きっと妖怪《ようかい》たちもよろこんでくれるだろう。

千弥《せんや》も苦笑《くしょう》しながら立ちあがった。

「わかったわかった。それじゃ、行こうか」

「うん」

夕暮《ゆうぐ》れどきの通りを、弥助《やすけ》たちはゆっくりと歩いていった。


太鼓《たいこ》長屋の大家の息子《むすこ》、久蔵《きゅうぞう》はいい気分で居酒屋《いざかや》から出た。いまのいままで、昼酒を楽しんでいたので、すっかりほろ酔《よ》いとなっている。

いい気持ちだし、もう少しどこかで遊んでいこうか。

そう思ったときだった。通りの向こうに、二人組のすがたがちらりと見えた。

あれは、太鼓《たいこ》長屋の住人、按摩《あんま》の千弥《せんや》とその養《やしな》い子《ご》の弥助《やすけ》ではないか。

(こりゃ怪《あや》しい。なにかありそうだね)

久蔵《きゅうぞう》はぴんときた。

そもそも、この二人がこんな時刻《じこく》に出歩いているとはおかしい。しかも、弥助《やすけ》のわくわくしたような顔はなんだ? 大きな四角い風呂敷包《ふろしきづつ》みを背負《せお》ったところといい、これはどこかおもしろい場所に行こうとしているにちがいない。

よし。こっそりあとをつけていってみよう。

いたずら心丸出しで、久蔵《きゅうぞう》は弥助《やすけ》たちのあとをつけはじめた。

やがて人気《ひとけ》のない河川敷《かせんじき》へとやってきた。久蔵《きゅうぞう》は少しこわくなった。

(あの二人、まさか鬼呼び橋《おによばし》に行くつもりじゃないだろうね)

この先にある小さな橋は、「鬼呼び橋《おによばし》」と呼《よ》ばれている。夜になると人魂《ひとだま》や鬼火《おにび》が飛《と》びかう、不気味《ぶきみ》で不吉《ふきつ》な橋だからだ。

なのに、弥助《やすけ》と千弥《せんや》は「鬼呼び橋《おによばし》」にぐんぐん近づいていくではないか。

(まったく。ほんとに鬼《おに》とか出てきたら、どうすんだい。もしものことが起きても、目の

見えない千さんと子どもの弥助《やすけ》だけじゃ、どうにもできないだろうに。ああ、もう！　こうなったらしかたないね）

びっくりさせるのはあきらめて、久蔵《きゅうぞう》は二人に近づこうとした。そして、二人が鬼呼《おによ》び橋《ばし》を渡《わた》るのではなく、橋の下へと降《お》りていくのを見たのだ。

橋の下は、人の背丈《せたけ》よりも高い葦《あし》が茂《しげ》っている。その中にのみこまれるように、二人のすがたは消えていった。

見失《みうしな》っては大変《たいへん》だと、久蔵《きゅうぞう》はついに走りだした。裾《すそ》をまくりあげ、河川敷《かせんじき》の斜面《しゃめん》を滑《すべ》りおり、葦《あし》の茂《しげ》みへと突《つ》っこんでいく。

「おおい、千さ……」

言葉はそこで途切《とぎ》れてしまった。かきわけていた葦《あし》が、いきなり目の前から消えたのだ。薄闇《うすやみ》の中、久蔵《きゅうぞう》はまったく知らない山の中に立っていた。

2

「すげえ！」

弥助《やすけ》は思わず声をあげた。

橋の下をくぐったとたん、目の前にうっそうとした森が現《あらわ》れたのだ。ふりかえっても、同じような木立があるだけで、葦《あし》の茂《しげ》みも橋も消えてしまっている。

と、上から声が降《ふ》ってきた。

「お迎《むか》えにあがりましたよ」

顔をあげるまもなく、弥助《やすけ》は大きなものに体をつかまれ、ぐっと持ちあげられていた。足が地面から引きはなされ、ぎゅうっと一気に上昇《じょうしょう》する。

弥助《やすけ》はあわてて上を見た。そこにいたのは、翼《つばさ》を広げた雪福《ゆきふく》だった。

「雪福《ゆきふく》！」

「よく来てくれました、弥助《やすけ》さん。今夜は月もきれいだし、夜桜《よざくら》見物にぴったりですよ」

羽ばたきながら、雪福《ゆきふく》はうれしそうに言った。弥助《やすけ》を足でつかみ、空を飛《と》んでいく。千《せん》弥《や》はもう一羽《わ》の化けふくろうによって運ばれていた。

月の光を受け、小さな山々がいくつも連《つら》なっているのが見えた。いずれの山も、薄紅色《うすべにいろ》、淡《あわ》い真珠色《しんじゅいろ》、ふんわりとした月光色に彩《いろど》られ、まるで蛍火《ほたるび》のようにかがやいている。

まさかと、弥助《やすけ》は息をのんだ。

「あれって……ぜんぶ、桜《さくら》？」

「さようですよ。猫《ねこ》の姫《ひめ》さまの、ご自慢《じまん》の桜《さくら》のお庭です」

「庭！　これが！」

「ははは っ！　このくらいでおどろいてちゃいけません。なんたって、姫《ひめ》さまは大妖《たいよう》なんですからね。ご自分が満足《まんぞく》できる世界を作りだすのも、お手のものですよ」

「……ここに来たってことは、花見のお許《ゆる》しをもらえたってことだね？」

「ええ、姫《ひめ》さまはよろこんでお庭を貸《か》してくださいましてね。好《す》きに騒《さわ》いでいいと、ちゃんとお約束《やくそく》もいただいています。ということで、楽しみにしててくださいよ」

雪福《ゆきふく》の羽ばたきに力がこもり、ひときわ明るくかがやいている山へ、ぐんぐん向かっていく。

夜風を全身に受けながら、弥助《やすけ》はふと雪福《ゆきふく》にたずねた。

「ところでさ、待ち合わせは鬼呼《おによ》び橋《ばし》の下でって、文《ふみ》に書いてきたろ？　言われたとおり、橋の下に行ったら、急にここに来たんだけど。あれって、どういうしくみだい？」

「しくみってほどのもんでもありませんよ。あの橋のあたりは、ちょうど妖界《ようかい》と結《むす》びやすい土地でして。そこに門を作れば、好《す》きなところに通じるわけです」

「門なんて、どこにもなかったけど……」

「人の目には見えないよう、ちゃんと細工してあるんですよ。いちいち閉《と》じるのも面倒《めんどう》なので、弥助《やすけ》さんたちがもどるときまで、そのままにしておきます。どうせ、あのあたりはめったに人も通らない。まして、橋の下をくぐろうとする人間なんて、いないでしょう」

雪福《ゆきふく》は思いもしなかっただろう。雪福《ゆきふく》たちが弥助《やすけ》たちを運び去ったあとすぐ、久蔵《きゅうぞう》がこちらの世界にすがたを現《あらわ》すなどとは……。

「まいったね、これは……」

久蔵《きゅうぞう》はうめいた。右を向いても、左を向いても、見えるものはうっそうとした木立ばかり。千弥《せんや》と弥助《やすけ》のすがたも見当たらず、途方《とほう》にくれるしかなかった。

「どこなんだい、ここは」

よく見ると、まわりにある木はすべて桜《さくら》だった。しかも、満開《まんかい》の花をつけて、淡《あわ》く美しくかがやいている。そのおかげで、夜なのに明るかった。

時季《じき》はずれの、光る桜《さくら》。こんな不思議《ふしぎ》があるわけがない。夢《ゆめ》を見ているのか。それとも狐《きつね》が見せる幻《まぼろし》か。どちらにしろ、どこかに迷《まよ》いこんだのはまちがいない。

こわくはなかった。こわいと思うには、あまりにここが美しかったからかもしれない。

「夢《ゆめ》だかなんだか知らないけど、こんなのを見せてもらえるとは、おれも運がいいねぇ。……だけど、一人というのが気に入らないねぇ。花見するなら、だれかといっしょがいいよ。……いまのおれは、狐《きつね》かなにかにたぶらかされているってこった。となると、そろそろ狐《きつね》が化かしにくるころかな？　美人が出てきて、心細そうに泣《な》きながら、迷子《まいご》になってしまったの、なぁんて言ってきてさ。で、おれはだまされてるふりして、付《つ》き合《あ》ってやると。うん。おもしろいじゃないか」

このときだ。久蔵《きゅうぞう》の耳が、かすかな声をとらえた。

「そうら！　おいでなすった！」

久蔵《きゅうぞう》は大よろこびで声のするほうへと向かった。そして、桜《さくら》の大木の根元に、小さな人《ひと》影《かげ》がうずくまっているのを見つけたのだ。

萌黄《もえぎ》色の振袖《ふりそで》を着ているところを見ると、若《わか》い娘《むすめ》らしい。だが、顔は見えない。桜《さくら》の根元につっぷし、しくしくと、世にも悲しげに泣《な》いているからだ。

わくわくしながら、久蔵《きゅうぞう》は声をかけた。

「娘《むすめ》さん。どうしたんだい？　なんで泣《な》いているのかな？」

娘《むすめ》が顔をあげた。濡《ぬ》れたつぶらな瞳《ひとみ》が、久蔵《きゅうぞう》を見た。つづいて、愛《あい》らしい口が開き、

「迷子《まいご》になってしまったの」と、鈴《すず》をふるような声で告《つ》げたのだ。

久蔵《きゅうぞう》は苦笑《くしょう》してしまった。

「そりゃ、こういうことになるんじゃないかと思っちゃいたけどね。これはちょいと……あたりまえすぎるんじゃないかい？」

「なんのこと？」

「いや、まあ、それがいいなら、別《べつ》にかまわないけどね。こんなかわいい子が出てきてくれるとは思ってなかったし」

これは本心から出た言葉だった。娘《むすめ》は信《しん》じられないほど美しかったのだ。

なめらかな白い肌《はだ》、青みがかった大きな瞳《ひとみ》、すんなりとした品のいい鼻筋《はなすじ》、ゆすらうめの実のような朱《しゅ》色の唇《くちびる》。夜桜《よざくら》の化身《けしん》かと、久蔵《きゅうぞう》は一瞬《いっしゅん》本気で思ったほどだ。

だが……。

娘《むすめ》は八つか九つそこその年ごろで、とにかくあどけない。これでは、いくら美しくても、くどくわけにもいかないと、久蔵《きゅうぞう》はくやしがった。

「どうせなら、もっと大人だったらよかったねぇ。ね、あと十ほど年をとれないかい？」

図々しい久蔵《きゅうぞう》に、意外にも、娘《むすめ》は怒《おこ》らなかった。ただ悲しげにかぶりをふったのだ。

「だめなの。わたくし、まだ大きくなれないの」

「あ、そうなのかい、じゃあ、しかたないね」

とにかく、話し相手に出会えたのだ。久蔵《きゅうぞう》はにっこりと娘《むすめ》に笑《わら》いかけた。

「おれとしたことが、あいさつがまだだったよ。こんばんは。おれはね、久蔵《きゅうぞう》っていうんだよ。おじょうさんの名前は？　なんていうんだい？」

久蔵《きゅうぞう》の軽い口調に、娘《むすめ》はおどろいたように目をみはった。だが、少し気がほぐれたのか、小さな声で返事をしてきた。

「わたくしは初音《はつね》というの」

3

猫《ねこ》の姫君《ひめぎみ》の庭で、大がかりな花見が催《もよお》される。

華蛇族《かだぞく》の姫《ひめ》、初音《はつね》のもとに、そんなうわさが届《とど》いたのは数日前のことだ。

むろん、初音《はつね》は花見に行く気になった。にぎやかなことは大好《だいす》きだし、猫《ねこ》の姫君《ひめぎみ》ともひさしぶりに会いたい。ここしばらく気がふさいでいたので、気晴らしにもなるはずだ。

だが、その花見が人間の子のためのものだと聞いて、初音《はつね》はいやな予感をおぼえた。

うわさを運んできた夜烏《よがらす》の墨子《すみこ》に、おそるおそるたずねた。

「その、人間の子というのは、だれなの？」

「うぶめを手伝《てつだ》ってる人の子です。弥助《やすけ》と言って、なかなかしっかりした子ですよ。ほら、子妖《こよう》らがたくさんさらわれていたでございましょう？　あれを解決《かいけつ》する糸口を作ったのが、その弥助《やすけ》だそうで。今回の花見は、そのお礼だとのことでございますよ」

だが、初音《はつね》が聞きたいのはそんなことではなかった。

「……ね、ねぇ。招《まね》かれているのは……その、弥助《やすけ》という人の子、だけなの？」

墨子《すみこ》はきょとんとした顔をしたあと、にこっと笑《わら》った。

「あ、なるほど。姫《ひめ》さまはさすが御耳《おみみ》が早《はよ》うございますね。ええ、ええ、もちろん、あの方もいっしょに来られますよ。あの方、白嵐《びゃくらん》さま」

ぎゃあああっと、初音《はつね》は心の中で悲鳴をあげた。

白嵐《びゃくらん》。妖力《ようりき》を失《うしな》い、いまは千弥《せんや》という人の名で生きている大妖《たいよう》。たいそう美しいと聞いて、ふた月ほど前、初音《はつね》は白嵐《びゃくらん》に会いに行った。それほどまで美しい殿方《とのがた》ならば、恋《こい》することができるかもしれない。そう思ったのだ。

だが……。

白嵐《びゃくらん》は冷《つめ》たく初音《はつね》を拒《こば》んだ。それどころか、初音《はつね》をののしったのだ。ひどい言葉を投げつけられたことに、初音《はつね》は深く傷《きず》つき、屋敷《やしき》に逃《に》げ帰《かえ》った。それからずっと泣《な》き暮《く》らし、ようやく立ち直りかけていたところだったのに。

あの男とふたたび顔を合わせるなど、考えるだけで胸《むね》がえぐられそうだ。だが、花見には行きたい。ああ、どうしたらいいのだろう？

もんもんと初音《はつね》は悩《なや》みつづけた。

そして、花見当日の今日《きょう》、一人で屋敷《やしき》は出たものの、心乱《みだ》れるあまり迷子《まいご》になってしまったのだ。初音《はつね》は途方《とほう》に暮《く》れ、ついには泣《な》きだした。

そんなとき、声をかけられたのだ。

「娘《むすめ》さん。どうしたんだい？　なんで泣《な》いているのかな？」

顔をあげれば、若《わか》い人間の男がそこにいた。

初音《はつね》はおどろきながら、自分に話しかけてきた男を見つめた。

男は、藍《あい》色と小豆《あずき》色の縦縞《たてじま》の着物を着て、小粋《こいき》な帯《おび》をしめていた。しゃれ者のようで、香袋《こうぶくろ》を忍《しの》ばせているのか、かすかに良《よ》い香《かお》りがする。

顔立ちは悪くはないが、とりたてて美しいわけではなく、初音《はつね》の好《この》みではなかった。だが、声は気に入った。明るい張《は》りのある声だ。

とにかくこれで一人ではなくなったと、初音《はつね》はほっとして、泣《な》きやんだ。

互《たが》いに名乗ったあと、久蔵《きゅうぞう》という男は、ぺらぺらとしゃべりだした。

「知り合いを追いかけてきたら、ここに迷《まよ》いこんじまってねぇ。これ、初音《はつね》ちゃんが見せてくれてるのかい？　こんなきれいな景色《けしき》を見せてもらえて、うれしいよ」

「わたくしじゃないわ。それに、ここは幻《まぼろし》でも夢《ゆめ》の世界でもないのよ。ここは、常夜桜《とこよざくら》の森。王蜜《おうみつ》の君《きみ》が作りあげた、桜《さくら》の森なの」

「王蜜《おうみつ》の君《きみ》って？」

「妖猫《ようびょう》の姫君《ひめぎみ》よ。すごくおきれいな、わたくしのお友だち」

「へえ。初音《はつね》ちゃんがきれいだっていうなら、そりゃもう、きれいなお姫《ひめ》さんなんだろうねえ。見てみたいもんだ」

久蔵《きゅうぞう》がうれしそうに笑《わら》ったものだから、初音《はつね》は少しむっとして、つんと顔をそらした。

「めったなことを言うものではないわ。王蜜《おうみつ》の君《きみ》は、人の魂《たましい》を集めるのがお好《す》きなんだから。あなた、気に入られたら、魂《たましい》を取られてしまうわよ」

「うわ、そりゃおっかないね。……ちなみに、その猫《ねこ》のお姫《ひめ》さんの好《この》みの魂《たましい》って？　だれでもいいってわけじゃないんだろう？」

「王蜜《おうみつ》の君《きみ》がいまお好《す》きなのは、悪い人間の魂《たましい》だそうよ」

「つまり悪人しか狙《ねら》わないってことだね。それならだいじょうぶ。おれの魂《たましい》は、その姫《ひめ》さまはお気に召《め》さないね。おれほど心清《きよ》らかな男はいやしないもの」

図々しく言ってみせる男に、初音《はつね》はぷぷっと吹《ふ》きだした。

「あなた、おもしろい人なのね」

「ああ、やっと笑《わら》ったね。うん。初音《はつね》ちゃんは笑《わら》ったほうがずっとずっとかわいいよ」

「……わたくし、かわいい？」

「うん、かわいい。さいしょ見たときは、桜《さくら》の精《せい》かと思ったよ。でも、そうだね。その萌《もえ》黄《ぎ》色の着物もたしかに似合《にあ》っちゃいるけど、初音《はつね》ちゃんならもっと淡《あわ》い色も似合《にあ》うだろうねえ。夜明けの薄雲《うすぐも》のような色の地に千鳥の柄《がら》なんか、いいと思うねぇ」

「……似合《にあ》うかしら？」

「おれの見立てにまちがいはないよ。今度、呉服屋《ごふくや》にいっしょに行けたらいいねぇ」

一瞬《いっしゅん》、この男といっしょに人の町を歩く自分のすがたが、初音《はつね》の頭にうかんだ。楽しそうだ。いや、きっと楽しいに決まっている。でも、そんなことは決して起こらないのだ。華蛇族《かだぞく》の姫《ひめ》たる自分が、人間と連《つ》れだって歩くなど、ありえない。

それでも、初音《はつね》はにこっと笑《わら》った。

「そうね。行けたらいいわね」

一方、少女のご機嫌《きげん》が直ったと見て、久蔵《きゅうぞう》は心の中でほっとした。

「さてと……そんじゃ、そろそろどうするか決めないとねぇ。……初音《はつね》ちゃんは、どこに行くつもりだったんだい？」

「お花見よ」

「ええ。一番見事な桜《さくら》がある、お山の頂《いただき》でやるって言っていたわ」

「合点承知《がってんしょうち》！　ようし、初音《はつね》ちゃん。おれがそこまで連《つ》れてってあげる。そのかわり、その場についたら、おれも入れてくれるよう、お仲間《なかま》に頼《たの》んじゃくれないかい？」

「いいけど……花見の場所、ここからわかるの？」

「まかしときなさい。食べ物と酒の気配には鼻がきくんだよ」

久蔵《きゅうぞう》は初音《はつね》の手をとり、桜《さくら》の森を歩きだした。

歩きながら、初音《はつね》は不思議《ふしぎ》な気持ちを味わっていた。久蔵《きゅうぞう》の手は大きくて、とても温かい。すっぽりと包《つつ》みこまれ、守られているような気がする。

「久蔵《きゅうぞう》の手、大きいのね」

「ん？　そうかい？」

「ええ。父さまの手より大きいと思うわ。といっても、わたくしは父さまと手をつないだことはないのだけれど」

「おとっつぁんと手をつないだことがないだって？　あ……そっか。おとっつぁん、早くに亡《な》くなっちまったんだね」

「いいえ。父さまはお元気よ」

「へ？　じゃ、じゃあ、なんで初音《はつね》ちゃんと手をつながないんだい？」

「さあ、どうしてかしら。……きっと、母さまと仲《なか》が悪いから、わたくしとも仲良《なかよ》くしたくないのよ。母さまも、父さまと同じ。だから、わたくしと弟は乳母《うば》に育てられたの」

それがつらいと思ったことはない。華蛇族《かだぞく》では、仲のよくない夫婦《ふうふ》はめずらしくもないので、初音《はつね》はそういうものだと思っていたのだ。

だが、これを聞いて、久蔵《きゅうぞう》は頭をかきむしった。

「言っちゃ悪いけど、どうかしてるね。こんなかわいい娘《むすめ》、よく放っておけるよ。おれが初音《はつね》ちゃんの父親だったら、そばからはなさない。嫁《よめ》にだって、絶対《ぜったい》やるもんかね」

ぷりぷり怒《おこ》る久蔵《きゅうぞう》に、今度は初音《はつね》が目を丸くした。出会ったばかりの相手のために、こんなふうに怒《おこ》れる男を、これまで知らなかったのだ。

ずきっと、初音《はつね》の胸《むね》の奥《おく》でなにかがうずいたのはこのときだった。

「っつ！」

胸《むね》を押《お》さえる初音《はつね》を、久蔵《きゅうぞう》は大あわてで支《ささ》えた。

「ど、どうしたんだい？」

「なんだかちょっと、胸《むね》が苦しくて……」

「なんか顔が赤いよ。熱《ねつ》でも出てきたんじゃないかい？　うーん。困《こま》ったねぇ。……よ、よし！　とにかく花見に行こう。そこに行けば、医者もいるかもしれない」

そう言って、久蔵《きゅうぞう》はひょいっと初音《はつね》を背負《せお》い、早足で歩きだした。

初音《はつね》は久蔵《きゅうぞう》の背中《せなか》にそっともたれかかった。温《ぬく》もりが伝《つた》わってきて、心地よかった。

（父さまのお背中《せなか》も、このように温かいのかしら？）

思いえがこうとしたが、できなかった。

初音《はつね》の父と母は、それぞれ別《べつ》の館に暮《く》らしており、子どもたちにもほとんどかまわない。だから初音《はつね》は、母に頬《ほお》ずりされたこともなければ、父に抱《だ》きあげられたこともない。ときたま顔を合わせることがあっても、「まだそのようにおさないすがたのままでおるのか。早《はよ》う恋《こい》をしなさい」と、説教《せっきょう》されるだけだ。

みっともない娘《むすめ》と、父と母に思われないように、早く恋《こい》する相手を見つけなければ。胸《むね》の悪くなるようなあせりに、どれほど駆《か》られたことだろう。

だが、ようやく出会えた理想の男、白嵐《びゃくらん》は、初音《はつね》の心根をののしった。あのときの言葉は、いまでも胸《むね》に突《つ》き刺《さ》さっている。

「ふさわしいだの、ふさわしくないだの、いちいち不愉快《ふゆかい》だね！　無礼《ぶれい》にもほどがある。おまえはやたら恋《こい》だなんだとほざくが、少しもわたしのことを考えていないじゃないか。考えているのは自分のことばかり。その薄《うす》っぺらな恋心《こいごころ》とやらには吐《は》き気《け》がする」

思いだすだけで、涙《なみだ》がうかんでくる。だが、どうしてもわからない。いったい、自分のなにがそんなに悪かったのか。こんなひどいことを、なぜ言われてしまったのか。

深いため息をつく初音《はつね》に、久蔵《きゅうぞう》が声をかけてきた。

「なんだい？　今度はため息なんかついたりして。またどっか苦しくなったのかい？」

「そうじゃないの……ただ、前にひどいことを言われたのを思いだしてしまったの」

「初音《はつね》ちゃんをいじめたやつがいたのかい？　とんでもないねぇ。おれがそこにいたら、そいつを叩《たた》きのめしてやったよ。……でも、どうしてそんなことになったんだい？」

「わたくし、あの……その人に恋《こい》ができるかなと、思ったの」

「恋《こい》ぃ？　恋《こい》って、その……ちょいと、初音《はつね》ちゃんには早すぎやしないかい？」

「その逆《ぎゃく》よ。遅《おそ》すぎるの。わたくしの弟の東雲《しののめ》のほうが、先に恋《こい》をしたくらい。わたくし……なさけないの。だって、わたくしの一族は恋《こい》をしてこそなんですもの」

「ん～。なんか、よくわからないねぇ。なんか、初音《はつね》ちゃんは根っこからまちがってる気がするけど。……で？　その、恋《こい》できそうな男に、ひどいこと言われたって？」

「ええ」

初音《はつね》は、白嵐《びゃくらん》と自分とのやりとりをすべて久蔵《きゅうぞう》に話した。

さいごに涙《なみだ》ぐみながら言った。

「でも、どうしてそんなことを言われたのか、わからないの。わたくし、ちゃんと申しこんだのに。久蔵《きゅうぞう》にはわかる？　あの方がどうしてわたくしに怒《おこ》ったのか、わかる？」

「………」

久蔵《きゅうぞう》は長いことだまっていたが、やがてため息混《ま》じりに口を開いた。

「ごめんよ、初音《はつね》ちゃん。悪いけど、そりゃおれでも怒《おこ》りたくなるよ」

思いがけない言葉に、初音《はつね》は久蔵《きゅうぞう》の背中《せなか》でぎゅっと身を硬《かた》くした。

「ど、どうして？」

「うん。そのわからないとこが、そもそも問題なんだ。初音《はつね》ちゃんは恋《こい》がしたい。それはようくわかったよ。でも、それは初音《はつね》ちゃんの都合だ。相手のこともちゃんと考えてやら

ないと、恋《こい》の花は咲《さ》かないもんだよ」
「だ、だから、わたくしはちゃんと……わたくしにふさわしい夫《おっと》になれるよう、あの方にちゃんといろいろと用意してさしあげると言ったのよ？」
「そうやって、餌《えさ》で釣《つ》ろうとしたのも、よくなかったねぇ。そんなふうに言われたら、まともな男ならへそを曲げちまうもんだよ。それにさ、初音《はつね》ちゃんはどうしてその男を選《えら》んだんだい？　よく知ってる相手なのかい？」
「いいえ。初《はじ》めてお会いしたの。とても美しい方だと、王蜜《おうみつ》の君《きみ》に教えてもらったから」

「つまり、顔で選《えら》んだと？……なるほどね。よっくわかったよ。初音《はつね》ちゃんはまだまだおさないんだね。とてもじゃないけど、恋《こい》できるところまで心が育ってないよ」

初音《はつね》はむっとした。なぜこんなこと、人間ごときに言われなくてはいけないのだろう。

「そういう久蔵《きゅうぞう》は恋《こい》はしているの？」

「してるよ。たくさんしてる。おれは女の人が大好《だいす》きだからね。どんな女もかわいいと思うし。……でもね、本気でいっしょになりたい人には、まだ出会えずにいるんだよ」

それを聞いたとたん、初音《はつね》は久蔵《きゅうぞう》に同情《どうじょう》した。

「かわいそうに。久蔵《きゅうぞう》のまわりには、きれいな女の人がいないのね」

「なんだい、そりゃ？」

「だって、久蔵《きゅうぞう》がいっしょになりたいと思えるような、きれいな人がいないってことでしょ？」

「あのねぇ……」

久蔵《きゅうぞう》は今度こそあきれた声をあげた。

「初音《はつね》ちゃん、一つだけ言っておくけどね、恋《こい》をしたけりゃ、まず見てくれじゃなくて、その人の中身に興味《きょうみ》を持つことだよ。どんな人なんだろう、なにが好《す》きなんだろう、自分とどこか似《に》たところはあるかしら。そういうことを、まず知ろうとしてごらんよ」

「それでは久蔵《きゅうぞう》は……きれいな人じゃなくても、妻《つま》にしたいというの？」

「その人が、おれが惚《ほ》れちまうような気持ちのいい心の持ち主ならね。ああ、美しくなんかなくても、ぜんぜんかまわないよ」

今度は初音《はつね》がだまってしまった。

衝撃《しょうげき》だった。

美しくなくても、よろこんで妻《つま》にすると、この男は言う。人間とはなんと変《か》わっているのだろう。それとも、これが華蛇族以外《かだぞくいがい》の種族《しゅぞく》の考え方なのだろうか？　美しければ美しいほど、価値《かち》がある。乳母《うば》にもまわりの者たちからも、そう言われつづけてきたのに。

自分のよりどころとなっていたものがゆらぐのを、初音《はつね》は感じた。そして、思ったのだ。

もっと知りたい。この不思議《ふしぎ》な男のことを知りたい。

初音《はつね》はもう一度、久蔵《きゅうぞう》の背中《せなか》にもたれかかった。男の心臓《しんぞう》の音、息遣《いきづか》いが伝《つた》わってきて、また胸《むね》が苦しくなってきた。

そして……。

熱風《ねっぷう》のようにそれは起こった。

4

久蔵《きゅうぞう》はおどろいた。背中《せなか》におぶった少女が突然《とつぜん》、はじけるように身を跳《は》ねさせたのだ。

「うわっ！　ちょっ！」

手をはなしてしまい、久蔵《きゅうぞう》は青くなった。初音《はつね》を落としてしまったと思ったのだ。

あわててふりかえってみれば、向こうの木立の陰《かげ》に、するりと、萌黄《もえぎ》色の着物の裾《すそ》がのまれていくのが見えた。

いったいどうしたんだと思いながら、久蔵《きゅうぞう》は初音《はつね》を追っていった。

「おおい！　初音《はつね》ちゃん、どこだい？　どこにいるんだい？」

と、呼《よ》びかけに答えるかのように、水の音がした。

久蔵《きゅうぞう》は水の音を追っていき、小さな泉《いずみ》へとたどりついた。その泉《いずみ》の前には、萌黄《もえぎ》色の着物が脱《ぬ》ぎすてられていた。

「初音《はつね》ちゃん!」

まさか裸《はだか》でうろついているのかと、着物を拾いあげながら、久蔵《きゅうぞう》はまわりを見た。そして、泉《いずみ》の水面がさざ波を立てていることに気づいた。

波は見る間に大きくなっていき、やがて泉《いずみ》の中央がぐぅっとせりあがった。

水柱から現《あらわ》れたのは、一人の乙女《おとめ》だった。歳《とし》は十七か十八。そのすがたは、神々《こうごう》しいほどに白くまぶしい。濡《ぬ》れた髪《かみ》はかがやき、象牙《ぞうげ》色の体を絹《きぬ》のようにおおっている。

そして、その顔は見たこともないほど美しかった。

まるで桜《さくら》の精《せい》のようだと思ったところで、久蔵《きゅうぞう》ははっとなった。

「初音《はつね》、ちゃん……?」

一言、名を呼《よ》ぶのが精一杯《せいいっぱい》だった。

一方、乙女《おとめ》は久蔵《きゅうぞう》を見返していた。と、その目から真珠《しんじゅ》のような涙《なみだ》がこぼれだした。

「見ないで!」

はげしく水しぶきをあげて、乙女《おとめ》は泉《いずみ》から飛《と》びだし、久蔵《きゅうぞう》の前から消えてしまった。

初音《はつね》は泣《な》きながら桜《さくら》の森を駆《か》けていった。涙《なみだ》が止まらなかった。

さきほど、久蔵《きゅうぞう》の背《せ》の上で、初音《はつね》はふいに異変《いへん》をおぼえたのだ。

体が燃《も》えるように熱《あつ》い。肌《はだ》がはじけてしまいそうだ。水があるところに行かないと。

久蔵《きゅうぞう》の背《せ》から飛《と》びおり、水を求《もと》めて夢中《むちゅう》で走った。幸いにして、泉《いずみ》が見つかったので、すぐさま着物を脱《ぬ》いで、飛《と》びこんだ。

冷《つめ》たい水の中で、体がのびのびと解《と》きはなたれるのを感じた。

ああ、なんて気持ちいい。

ほてりもおさまり、初音《はつね》はみずみずしい気持ちで泉《いずみ》からあがることにした。

だが、久蔵《きゅうぞう》がそこにいた。こぼれんばかりに目を見開いて、初音《はつね》を見ていたのだ。

人は、あやかしをおそれる。

だれかから教わった言葉が、頭に響《ひび》いた。

こわがられた。きらわれた。

身を引きさかれるような悲しみに、「見ないで!」とさけぶしかなかった。逃《に》げるしかなかった。

「うっ!」

ふいに、額《ひたい》に激痛《げきつう》が走った。くぐったはずの桜《さくら》の太い枝《えだ》に、頭をぶつけてしまったのだ。

自分の体が大きくなっていることに、やっと気づいた。見下ろしてみれば、まろやかな二つのふくらみが見え、足もすんなりと長くのびている。

華蛇《かだ》は恋《こい》をして初《はじ》めて、大人のすがたとなる。それが初音《はつね》の種族《しゅぞく》なのだ。

「わたくしは……久蔵《きゅうぞう》に、恋《こい》をしたというの？」

またしてもどっと涙《なみだ》があふれてきた。

あれほど望《のぞ》んだ大人のすがたを手に入れたというのに。肝心《かんじん》の久蔵《きゅうぞう》がそばにいない。これからもよりそうことはできないだろう。自分はあやかしで、相手は人間なのだから。

その場にしゃがみこみ、初音《はつね》は泣《な》きじゃくった。

それからどれほどたっただろうか。突然《とつぜん》、あまい声が降《ふ》ってきた。

「おお、これはこれは。ここにおったのかえ、初音姫《はつねひめ》」

顔をあげると、そこにはすさまじいほど美しい少女がいた。純白《じゅんぱく》の髪《かみ》をなびかせ、深紅《しんく》の地に黄金と翡翠《ひすい》色の蝶《ちょう》の縫《ぬ》いとりのしてある打《う》ち掛《か》けをまとっている。猫《ねこ》めいた目は金色にかがやき、唇《くちびる》は紅玉《こうぎょく》のように紅《あか》い。

桜《さくら》の森の創《つく》り手《て》にして妖猫《ようびょう》族の姫《ひめ》、王蜜《おうみつ》の君《きみ》は初音《はつね》を見て笑《わら》った。

「ついに大人のすがたになったのじゃな。うむ。なんともうるわしいのぅ。だが、そのすがたのままでは、さすがに悩《なや》ましすぎよう」

王蜜《おうみつ》の君《きみ》が指を鳴らすと、舞《ま》いおちる桜《さくら》の花びらが集まり、薄紅色《うすべに》の衣《ころも》となった。それを初音《はつね》にまとわせたあと、王蜜《おうみつ》の君《きみ》は目をかがやかせながらたずねた。

「それで、そなたが恋《こい》した相手はどこのだれなのじゃ？　わらわにも会わせておくれ」

「う……」

「う？」

「う、うわあああん！」

初音《はつね》は涙《なみだ》を飛《と》びちらしながら、王蜜《おうみつ》の君《きみ》に抱《だ》きついた。

わんわんと泣《な》く初音《はつね》を、王蜜《おうみつ》の君《きみ》はさいしょはだまってなでていた。それから少しずつ事情《じじょう》を聞きだし、さいごには舌打《したう》ちをした。

「今夜招《まね》いた人間は、子預《こあず》かり屋《や》の弥助《やすけ》のみ。さては、あやかしどもめ、面倒《めんどう》くさがって、門を閉《と》じなかったのじゃな。まあ、よい。……して、そなたはどうしたいのじゃ？」

ぐいっと、王蜜《おうみつ》の君《きみ》は初音《はつね》をのぞきこんだ。黄金の瞳《ひとみ》がするどくきらめきはじめていた。

「これからどうしたい？　すべてはそこよ。……このままその男をあきらめるのかえ？」

初音《はつね》は思わずかぶりをふっていた。

「い、いや……このまま終わってしまうのは、いやよ」

「こわくはないのかえ？　そやつは人間。もしやすると、そなたにひどいことを言うやもしれぬ。あるいは、悲鳴をあげて逃《に》げていくやもしれぬぞえ」

「こわいわ」

目をうるませながら、初音《はつね》はうなずいた。

「と、とてもこわい。で、でも……やっぱり、このままではいやなの。もう一度ちゃんと……久蔵《きゅうぞう》と話をしたい」

そうかと、王蜜《おうみつ》の君《きみ》がほほえんだ。きつかったまなざしが、うそのようにやわらいだ。

「びいびい泣《な》きごとを言うだけなら、手は出さぬと決めておったが……そなたの決心を聞いて、わらわも力を貸《か》してやりたくなったぞえ。まかせておくがよい」

「でも……人の心はねじまげられるものではないわ。それは王蜜《おうみつ》の君《きみ》もご存《ぞん》じのはずよ」

「むろん、知っておる。わらわは、そなたとその男がふたたび会えるよう、舞台《ぶたい》を整えてやると言うておるだけじゃ。その舞台《ぶたい》の上で、どのような舞《まい》を舞《ま》うかは、そなた次第《しだい》よ」

そう言いながら、王蜜《おうみつ》の君《きみ》は初音《はつね》の涙《なみだ》をそっとぬぐってやったのだ。

5

久蔵《きゅうぞう》が病で寝《ね》こんでいる。

そう聞いて、弥助《やすけ》はぽかんと口を開けてしまった。

「寝《ね》こんでる？　あいつが？……風邪《かぜ》じゃなくて、また二日酔《ふつかよ》いでぶっ倒《たお》れてんじゃないの？」

「いや、具合が悪いのはたしからしいよ。昨日《きのう》からなにも食べていないそうだ」

「ふうん。……そういや、あの夜、ようすが変《へん》だったもんね」

弥助《やすけ》の言うあの夜とは、花見のあった夜のことだ。

「ほんと、きれいだったよなぁ」

思いだし、弥助《やすけ》はつぶやいた。

弥助《やすけ》と千弥《せんや》が連《つ》れていかれた山頂《さんちょう》には、目をみはるような大木の桜《さくら》が一本だけあった。

樹齢《じゅれい》千年を超《こ》えるような大樹《たいじゅ》で、山の上をおおいつくすように、枝《えだ》を広げている。その枝《えだ》のすみずみにいたるまで、みっしりと真珠《しんじゅ》色の花がついていた。

そして、その見事な桜《さくら》の下には、一面に赤い敷物《しきもの》が敷《し》かれ、妖怪《ようかい》たちがたくさんの重箱を広げているところだった。

「おおっ！　主役がやってまいったか！　さあ、弥助殿《やすけどの》。これへ」

「まずは我《われ》の天ぷらを食べてくだされ」

「いや、わしのかまぼこが先じゃ！」

「あまい卵焼《たまごや》きもござるでな」

「口直しには、さっぱりと梅干《うめぼ》しはいかがじゃえ？」

妖怪《ようかい》たちは、次々と弥助《やすけ》にごちそうをすすめてきた。そのどれもがおいしくて、弥助《やすけ》は本当に幸せを感じた。

そうして、たらふく食べ、美しい桜《さくら》を楽しんでいたときだ。

ふいに、その場の空気が変《か》わり、目の前にふわりと、一人の少女が舞《ま》い降《お》りてきた。

突然《とつぜん》現《あらわ》れた王蜜《おうみつ》の君《きみ》に、妖怪《ようかい》たちはぴたりとだまりこんだ。弥助《やすけ》も、まばたきすることもできず、美しい姫《ひめ》を見つめた。

と、王蜜《おうみつ》の君《きみ》はにこりと笑《わら》いかけてきた。

「花見の邪魔《じゃま》をしてすまぬな、弥助《やすけ》。じゃが、ちと聞きたいことがあっての。もしや、この男、そなたらの知り合いではないかえ？」

猫《ねこ》の姫《ひめ》が指を鳴らすなり、弥助《やすけ》の前に男が一人、転がっていた。弥助《やすけ》は仰天《ぎょうてん》した。

「きゅ、久蔵《きゅうぞう》！　こ、こいつ、な、な、なんで、ここに？」

「やはり知り合いかえ。きっとそなたたちのあとをつけて、この桜《さくら》の森に入りこんだのじゃな。それもこれも、きちんと門が閉《し》められていなかったせいであろうの」

ちろりと王蜜《おうみつ》の君《きみ》ににらまれ、まわりの妖怪《ようかい》たちはいっせいに首をすくめた。

一方、久蔵《きゅうぞう》はぐっすり眠《ねむ》りこんだままだ。そのすがたに、弥助《やすけ》は腹《はら》が立ってきた。

「こいつ……ほんと図太いな！　こら、起きろ！」

久蔵《きゅうぞう》を蹴《け》り飛《と》ばそうとする弥助《やすけ》を、王蜜《おうみつ》の君《きみ》が止めた。

「いや。目を覚《さ》まさぬのは、わらわが術《じゅつ》をかけておるからじゃ。そうでなければ、この男、いまだに森の中を走りまわっていたにちがいない」

「森を、走る？」

「うむ。まったく、足がすりきれるほどの勢《いきお》いであったよ。これは、ふふふ、なかなか見こみがあると見た」

なにやらうれしげな王蜜《おうみつ》の君《きみ》に、千弥《せんや》がしぶい顔になった。

「またなにかたくらんでいるんだね？」

「そういうことじゃ。じゃが、今回はそなたらには関《かか》わりのないことよ」

「一応《いちおう》、この久蔵《きゅうぞう》さんはわたしの知り合いだ。ひどい扱《あつか》いはしないでおくれよ」

「もちろんじゃ。とにかく、この男はそなたらに預《あず》ける。このままここに転がしておいて、帰るときに、いっしょに連《つ》れていっておくれ。では、邪魔《じゃま》したの、弥助《やすけ》」

あまい香《かお》りと久蔵《きゅうぞう》を残《のこ》し、猫《ねこ》の姫《ひめ》はすがたを消した。

ほっと、弥助《やすけ》と妖怪《ようかい》一同は肩《かた》の力を抜《ぬ》いた。

「いやもう、あいかわらずの美しさ、それに妖気《ようき》の強さであられることよ」

「あの方の前では、この夜桜《よざくら》もかすんでしまうのぅ」

「うむ。気が張《は》りつめて、酔《よ》いが醒《さ》めてしもうたわい。飲みなおそ飲みなおそ」

「おお、我《われ》にもおくれ」

「わしもじゃ」

ふたたび、花見はにぎやかさを取りもどしていった。そんな騒《さわ》ぎの中でも久蔵《きゅうぞう》は目を覚《さ》まさず、そのまま化けふくろうに運ばれ、弥助《やすけ》たちと共《とも》に鬼呼《おによ》び橋《ばし》へともどったのだ。

「それじゃ、あたしらはこれで」

「うん。今夜はありがとう、雪福《ゆきふく》。すっごく楽しかった！」

「ほほ。そう言ってもらえて、なによりですよ」

雪福《ゆきふく》たちが去ったあと、弥助《やすけ》と千弥《せんや》は地面に寝《ね》かされた久蔵《きゅうぞう》を見下ろした。

「こいつ……おれたちで運ばなきゃだめなのかな？」

「いや、いたずら猫《ねこ》の術《じゅつ》もそろそろ解《と》けるころだと思うがね」

千弥《せんや》がそう言ったときだ。

なんの前触《まえぶ》れもなく久蔵《きゅうぞう》が跳《は》ねおきた。そのまま、がばっと、弥助《やすけ》を抱《だ》きしめたのだ。

「泣《な》くな。泣《な》かないでおくれ！」

「ぐえええええっ！　はな、はなせ、この野郎《やろう》！」

「ん？　げっ！　たぬ助《すけ》じゃないか！」

とたん、突《つ》きはなされ、本気でなぐってやろうかと、弥助《やすけ》は思った。

「このぅ！　なに寝《ね》ぼけてんだよ！」

「寝《ね》ぼけてなんか……って、ここ、どこだい？」

「鬼呼《おによ》び橋《ばし》ですよ。こんなところで寝入《ねい》るなんて、感心しませんねぇ。妖怪《ようかい》に魂《たましい》をとられても知りませんよ」

涼《すず》しげに言う千弥《せんや》を、久蔵《きゅうぞう》はぼうぜんとした顔で見あげた。

「おれ、なんで鬼呼《おによ》び……ああ、千さんたちをつけてって……そしたら、桜《さくら》が……」

「桜《さくら》？　まだ寝《ね》ぼけているんですか？　ほらほら、しゃっきりしてください。どうせ同じ帰り道だ。帰りますよ、久蔵《きゅうぞう》さん。ほら、弥助《やすけ》も」

そうして、三人は真っ暗な道をいっしょに帰ったのだ。

いま思いだしても変《へん》だったと、弥助《やすけ》は千弥《せんや》に言った。

「あいつぜんぜんしゃべらなかったし……なんとなくだけど、苦しそうな顔してたんだ。あのときから風邪《かぜ》をひいていたのかも。……お見舞《みま》い、行ったほうがいい？」

「いや、今日《きょう》はやめとこう。今日《きょう》は特別《とくべつ》な客が、久蔵《きゅうぞう》さんのところに行くはずだから」

「なにそれ？」

「久蔵《きゅうぞう》さんにも、ついに年貢《ねんぐ》の納《おさ》めどきが来るかもしれないってことさ」

意味がわからないという顔をしている弥助《やすけ》の頭を、千弥《せんや》はにこにこしながらなでた。

久蔵《きゅうぞう》はぼんやりとふとんの中にいた。もう何日こうしているのか、自分でもおぼえていなかった。風邪《かぜ》をひいたときのように体がだるく、とにかく動きたくないのだ。寝《ね》ても覚《さ》めても頭にうかんでくるのは、あの乙女《おとめ》のすがただった。

「なんで……泣《な》いちまったんだろうねぇ」

理由はさっぱり思い当たらないが、あの娘《むすめ》は久蔵《きゅうぞう》を見て泣《な》いたのだ。それがどうにもしこりとなっていた。

「ったく。しょうがないね。あれは夢《ゆめ》だったのに。夢《ゆめ》で女の子を泣《な》かせちまっただけのことなのに……なんでこう、気がくさくさするんだろう?」

ぱっと気晴らしにでも出かければいいのだろうが、そういう気力もわいてこないのだ。

ふうっと、ふとんの中で何百回目か知れないため息をついたときだ。父親の辰衛門《たつえもん》が部屋に入ってきた。

「久蔵《きゅうぞう》。ちょっと起きられるかね?」

「なんです、おとっつぁん?」

「うん。これからね、おまえの許嫁《いいなずけ》が来るから」

「はいぃいぃ?」

跳《は》ねおきる息子《むすこ》に、辰衛門《たつえもん》はあきれた顔をした。

「なんだね、そんなすっとんきょうな声を出して。おまえが寝《ね》ついてるって聞いて、わざわざお見舞《みま》いに来てくれるそうだよ」

「ちょっ！　お、おとっつぁん！　おれに、許嫁《いいなずけ》って……そんなの、初耳《はつみみ》なんだけど」

「いやだねぇ。何度も話したじゃないか。おまえ、ほんとに人の話を聞いてないんだね。おっと、こうしちゃいられない。あたしも着替えなくちゃ」

ぱたぱたと、父親はせわしなく部屋を去っていった。

残《のこ》された久蔵《きゅうぞう》は、しばらく動けなかった。

許嫁《いいなずけ》？　そんなの、聞いたことがない。いつ決まった？　だれが決めた？

だが、我《われ》にかえるなり、久蔵《きゅうぞう》は一気に青ざめた。

「こ、こ、こうしちゃいられないよ！」

逃《に》げようと、ふとんから起きあがったときだ。「失礼《しつれい》します」と、きれいな声がして、障子《しょうじ》がすうっと開かれた。

あまい香《かお》りと共《とも》に入ってきたのは、若《わか》い娘《むすめ》だった。着ている着物は、朱鷺《とき》色。まるで夜明けの空のような色合いだ。そこに、かわいらしい千鳥の柄《がら》が散《ち》っている。

どくんと、久蔵《きゅうぞう》の胸《むね》が大きく鳴った。

これは、夢《ゆめ》の中で久蔵《きゅうぞう》が思いえがいた着物だ。あの迷子《まいご》の娘《むすめ》に着せてあげたいと思った着物、そのものではないか。

だが、まさか。

はげしく高鳴りだす胸《むね》を必死《ひっし》で押《お》さえながら、久蔵《きゅうぞう》は思いきって顔をあげた。

目の前にいたのは、匂《にお》い立《た》つようなきれいな娘《むすめ》だった。ただきれいなだけではない。咲《さ》きほころんだばかりの睡蓮《すいれん》のような、清々《すがすが》しいあどけなさがある。いまどきの娘《むすめ》らしい、華《はな》やいだまげを結《ゆ》い、挿《さ》している花かんざしもかわいらしい。

ぽかんとしている久蔵《きゅうぞう》に、娘《むすめ》ははにかみながら言った。

「王蜜《おうみつ》の君《きみ》がはからってくれたの。あの、あなたに許嫁《いいなずけ》がいるって、みんなに術《じゅつ》をかけてくれて。でも、あなたがいやなら、すぐに術《じゅつ》を解《と》いてもらうから」

「ど、どうして、こんな……」

「……あのまま別《わか》れてしまうのはいやだったの。久蔵《きゅうぞう》はわたくしのこと、こわいでしょうけど……た、たしかに、わたくしは人ではないわ。でも、久蔵《きゅうぞう》のことをもっと知りたいと、そう思ってしまったの。もっともっと知りたい」

「……」

「そして……できれば、久蔵《きゅうぞう》にもわたくしのことを知ってほしい。だめ、かしら？」

娘《むすめ》の顔は赤く、体は小さくふるえていた。ありったけの勇気《ゆうき》をふりしぼっているのが、見ていてわかった。

その勇気《ゆうき》に、こちらも応《こた》えねばなるまい。

大きく息を吸《す》ってから、久蔵《きゅうぞう》は口を開いた。

「あのさ……正直に言わせてもらうよ。おまえさんに恋《こい》できるか、まだわからない」

「……」

「ただね……おまえさんと会ってから、ずっと思っていることがあるんだ。それはね、おまえさんをもっともっと笑《わら》わせたいってことだ」

「えっ？」

「おまえさんの笑顔《えがお》が好《す》きだよ。だから、いっぱい笑《わら》わせたい。笑《わら》ってもらいたいんだよ」

だからと、久蔵《きゅうぞう》は大きく笑《わら》った。

「お互《たが》いのことを知っていこうじゃないか。手はじめに、近くの茶屋でも行こうか。そこはうまい汁粉《しるこ》を出すんだよ。おれのお気に入りなんだ」

「久蔵《きゅうぞう》はたくさんお気に入りがありそうね」

「あるともさ。いっぱいいっぱいある。そいつを一つずつ、見せてってあげるよ」

行こうと、久蔵《きゅうぞう》は手を差《さ》しのべた。

娘《むすめ》はほほえみながら、その手をとった。

真夏の夜に 子《こ》妖《よう》集《つど》う

1

妖怪奉行所《ようかいぶぎょうしょ》の御奉行《おぶぎょう》、月夜公《つくよのぎみ》の甥《おい》である津弓《つゆみ》は、むくれていた。

もう三月以上《いじょう》、屋敷《やしき》はおろか、自室の外にも出してもらえないでいるからだ。

（……やっぱり、叔父上《おじうえ》、まだ怒《おこ》っていらっしゃるんだ）

この春、津弓《つゆみ》は言いつけを破《やぶ》って、一人で屋敷《やしき》を抜《ぬ》けだし、そのせいであやうく死にかけた。この出来事は月夜公《つくよのぎみ》をおおいにおそれさせ、またおおいに怒《おこ》らせたのだ。

叔父《おじ》は「もう怒《おこ》っているわけではない」と言うし、毎日つづいた説教《せっきょう》も、最近《さいきん》はしなくなった。だが、部屋の封印《ふういん》だけはいまだに解《と》こうとしないのだ。

「津弓《つゆみ》、このままずっと外に出られないのかしら」

じわっと涙《なみだ》がわいてきて、津弓《つゆみ》はふとんに顔を押《お》しつけた。

と、月夜公《つくよのぎみ》が部屋に入ってきた。

顔も体も丸っこい津弓《つゆみ》とちがい、月夜公《つくよのぎみ》は三日月のようにするどい美貌《びぼう》の持ち主だ。半《はん》割《わり》の赤い仮面《かめん》をつけ、すらりとした長身を黒い衣《ころも》で包《つつ》み、三本の狐《きつね》のような尾《お》を優雅《ゆうが》にはやしたそのすがたは、いかなるときも冷静《れいせい》そうに見える。

が、つっぷしている甥《おい》を見るなり、月夜公《つくよのぎみ》の顔は一変《いっぺん》した。

「ど、どうしたのじゃ、津弓《つゆみ》！　どこぞ具合でも悪いのかえ？」

「……お外。お外に出たいのです、叔父上《おじうえ》」

「またそれかえ？」

「だって……もう夏なのに。津弓《つゆみ》、このまま水遊びもできないのですか？」

「水遊びくらい、できなくともよいではないか。それに、風呂《ふろ》には毎日入っておろう？」

「……もういいです」

ふとんをひっかぶってしまった甥《おい》に、月夜公《つくよのぎみ》はうろたえた。津弓《つゆみ》が限界《げんかい》にきていることはわかっていた。そろそろ自由の身にしてやらなければ、心を病《や》んでしまうだろう。

だが、屋敷《やしき》の外に出すのは、まだまだ不安《ふあん》だった。

（津弓《つゆみ》をこのままこの部屋にいさせ、なおかつ機嫌《きげん》をよくさせる方法《ほうほう》はないものか。……あの小僧《こぞう》を頼《たよ》るなど、気に入らぬが……背《せ》に腹《はら》は代えられぬ、か……）

すすり泣《な》きが聞こえてくるふとんを見おろしながら、ため息をついた月夜公《つくよのぎみ》であった。

その夜、突然《とつぜん》やってきた月夜公《つくよのぎみ》に、のぎゃっと、弥助《やすけ》は悲鳴をあげた。月夜公《つくよのぎみ》は、はなから苦虫を千匹《びき》も噛《か》みつぶしたようなおそろしい顔をしていたのだ。

そして、かわいい弥助《やすけ》をこわがらせたということで、千弥《せんや》はすぐさま眉間《みけん》にしわを刻《きざ》み、月夜公《つくよのぎみ》に「帰れ」と言いはなったのである。これには月夜公《つくよのぎみ》も目をむいた。

「まだ用件《ようけん》も言うとらんわ！　なのに帰れとは、何事じゃ！　無礼《ぶれい》な！」

「弥助《やすけ》がこわがっている。その顔を改《あらた》めるまでは、出入り禁止《きんし》にさせてもらう」

「ふん。吾《われ》の美しさにおののいているだけであろうよ。そうであろう、小僧《こぞう》？」

すさまじい目でにらまれ、弥助《やすけ》は情《なさ》けないことだが、べそをかきそうになった。

今夜の月夜公《つくよのぎみ》はいつにも増《ま》してこわい。いったい、なにがあったというのか。

おそるおそる弥助《やすけ》がたずねると、月夜公《つくよのぎみ》は顔をそむけ、ぶっきらぼうに言った。

「津弓《つゆみ》が泣《な》いておる」

「津弓《つゆみ》が？　そういや、しばらく会ってないけど、元気にしてるの？」

「体のほうはな。じゃが、ずっと気落ちしたままなのじゃ。外に出たいと、なげいてなげいて……あの涙《なみだ》にはほとほとまいっておるのじゃ」

額《ひたい》を指でもむ月夜公《つくよのぎみ》の横顔を、弥助《やすけ》はまじまじと見た。

「もしかして……ぜんぜん外に出してやってないの？　あれからずっと？」

「悪いかえ？　津弓《つゆみ》はあれほどの目におうたのじゃ。もしものことがあってはならぬゆえ、すぐに吾《われ》が駆《か》けつけられる場所に留《と》め置《お》いておる。守りたいと思えばこそじゃ」

「うーん。わたしもその気持ちはわからぬでもないね」

千弥《せんや》が口をはさんできた。

「わたしも、弥助《やすけ》のことが心配だからね。できれば、箱の中にでも閉《と》じこめて、だれにも見つからない場所に隠《かく》しておきたいよ。そうすれば、安心だもの」

「そうじゃ！　まさしくそのとおりなのじゃ！　うぬも少しは話がわかるではないか！」

「ちょ、ちょっと待ってよ！　そりゃないって！」

盛《も》りあがる大人たちに、弥助《やすけ》はあわてた。

「い、いくら心配だからって、ずっと閉《と》じこめっぱなしはかわいそうだよ！……まさか、このまま一生閉《と》じこめとく気なのかい？　津弓《つゆみ》だって男の子だしさ、外で遊びたがるのは当たり前だよ。もう元気になったわけだろ？　出してやりなよ」

「……」

「あんまりぐずぐずしてると、津弓《つゆみ》、あんたのことききらいになるかもよ」

弥助《やすけ》の一言に、月夜公《つくよのぎみ》はぐらりとよろめいた。

「きらいに？　つ、津弓《つゆみ》が吾《われ》をかえ？」

「う、うん。手遅《ておく》れになる前に、津弓《つゆみ》の望《のぞ》みをかなえてあげたほうがいいって」

わかったと、とうとう月夜公《つくよのぎみ》はうなずいた。弥助《やすけ》はほっとした。

「それじゃ出してやるんだね？」

「いや、まだ当分は出さぬ」

「なっ！　い、いま、わかったって言ったばっかりじゃないか！」

「かんちがいをするでないぞえ、弥助《やすけ》」

意地の悪い笑《え》みを月夜公《つくよのぎみ》はうかべた。

「津弓《つゆみ》の望《のぞ》みは二つあるのじゃ。一つは外に出ること。これはむろんだめじゃ。まだまだ吾《われ》がよいと思えるまでは、断《だん》じて出さぬ。ゆえに、もう一つの望《のぞ》みのほうをかなえてやろうと思う。これもまあ、気に食わぬものではあるが、外に出すよりは安全じゃからな」

そう言って、月夜公《つくよのぎみ》はぐいっと弥助《やすけ》の襟首《えりくび》をつかんだのだ。

2

「津弓《つゆみ》。起きておるかえ？　みやげを持ってまいったぞ。そなたがほしがっていたものじゃ。出てまいれ、津弓《つゆみ》よ」

ふとんの中でぎゅうっと身を丸めていた津弓《つゆみ》だったが、みやげと聞いて、心が動いた。そこで、亀《かめ》のように頭だけふとんから出した。

「おみやげ、ですか、叔父上《おじうえ》？」

「そうじゃ。それ、これじゃ」

にっこりと甥《おい》に笑《わら》いかけながら、月夜公《つくよのぎみ》は大きな袋《ふくろ》を津弓《つゆみ》の前に置《お》いた。

うながされるままに、津弓《つゆみ》は袋《ふくろ》の口を開けた。とたん、目を丸くした。

「弥助《やすけ》！」

袋《ふくろ》の中には、弥助《やすけ》がいた。目を閉《と》じ、なにやらぐんにゃりとしている。

「お、叔父上《おじうえ》、これ……」

「弥助《やすけ》と遊びたいと申しておったであろう？　だから、連《つ》れてきてやったのじゃ。どうじゃ？　これで一つ、手を打たぬかえ？」

「手を、打つ？」

「うむ。外に出ることは許《ゆる》さぬが、弥助《やすけ》と遊ぶことは許《ゆる》してやろう。じゃからな、うむ、そろそろふてくされたり、すねたりするのはやめてほしいのじゃ」

頼《たの》むと言わんばかりに、月夜公《つくよのぎみ》は津弓《つゆみ》を見る。

津弓《つゆみ》は少しの間ぽかんとしていた。

ずっとずっと、叔父《おじ》は自分のことを怒《おこ》っているのだと思っていた。元気になった津弓《つゆみ》をなお閉《と》じこめるのは、津弓《つゆみ》に対する罰《ばつ》なのだと。

だが、そうではなかった。叔父《おじ》は津弓《つゆみ》のことをちゃんと考えていてくれたのだ。こうして弥助《やすけ》を連《つ》れてきてくれたことが、なによりもの証拠《しょうこ》ではないか。

ぱっと、津弓《つゆみ》は笑顔《えがお》になった。

「ありがとう、叔父上《おじうえ》！　はい！　もうふてくされたりしません！」

「そうか。よかった。では、遊ぶがよい。そうじゃな。部屋の結界《けっかい》も解《と》いてやろう。屋敷《やしき》の中であれば好《す》きなように遊んでよいぞえ。それと、なにかあったら、すぐに吾《われ》を呼《よ》べ。屋敷《やしき》の中にいるかぎり、そなたの声は吾《われ》に届《とど》くからの」

「はい、叔父上《おじうえ》」

にこにこする津弓《つゆみ》に笑《わら》いかけたあと、「奉行所《ぶぎょうしょ》に行ってくる」と、月夜公《つくよのぎみ》は出ていった。

津弓《つゆみ》はすぐさま袋《ふくろ》の中の弥助《やすけ》に飛《と》びつき、ぐらぐらとゆさぶった。

「弥助《やすけ》！　ひさしぶり！　遊ぼう！　ねえ、弥助《やすけ》ってば！」

「おいおい！　やめてくれよ！　ゆらさないでくれ！」

弥助《やすけ》のものではない、甲高《かんだか》い声があがった。

びっくりする津弓《つゆみ》の前で、弥助《やすけ》のふところがもぞもぞっと動き、手のひらに乗るような、小さな子妖怪《こようかい》が出てきた。

茶色の腹《はら》がけをつけた、青梅《あおうめ》色の子妖怪《こようかい》だった。丸い頭の上でちょこっとまげを結《ゆ》い、くりっとしたはしっこそうな目をしている。

「ふえぇ、ひでぇ目にあった。まさか月夜公《つくよのぎみ》の屋敷《やしき》に連《つ》れこまれちまうなんて、思わなかった。とばっちりもいいとこだよ、まったく」

「だ、だれ？」

「ん？　おいら、梅妖怪《うめようかい》の梅吉《うめきち》。そっちは津弓《つゆみ》だろ？　月夜公《つくよのぎみ》の甥《おい》っ子《こ》の。弥助《やすけ》から話は聞いてるよ。鬼《おに》の月夜公《つくよのぎみ》が甥《おい》っ子《こ》にだけはあまいって、ほんとだったんだな」

からかうように言われ、津弓《つゆみ》はむっとした。

梅吉《うめきち》。名前は知っている。弥《や》助《すけ》とやたら仲良《なかよ》くしているという子妖《こよう》だ。弥助《やすけ》から、特別《とくべつ》におもちゃをもらったこともあるらしい。

その話を聞いたときから、津《つ》弓《ゆみ》は梅吉《うめきち》のことが気に入らなか

った。そして、こうして会ってみて、改《あらた》めて思った。

この子はきらいだ。

津弓《つゆみ》はつっけんどんに言った。

「なんで弥助《やすけ》といっしょに来たの？」

「好《す》きでいっしょに来たわけじゃないって。もともと、おいら、弥助《やすけ》んとこにいたんだ。そしたら、月夜公《つくよのぎみ》がいきなり来たもんだから、おいら、とっさに弥助《やすけ》のふところに隠《かく》れたんだよ。月夜公《つくよのぎみ》はこわいからなぁ」

「なに言うの！　叔父上《おじうえ》はやさしいよ！」

「そう言えるのは、津弓《つゆみ》くらいなもんだって。ま、とにかく、月夜公《つくよのぎみ》が帰るまで、隠《かく》れてるつもりだったんだ。まさか月夜公《つくよのぎみ》が弥助《やすけ》をひっつかんで、ここに連《つ》れてくるなんて、思いもしなかったんだよ」

梅吉《うめきち》はいかにもくやしげだが、それを聞いた津弓《つゆみ》はもっとくやしくなった。どうやら、梅吉《うめきち》はよく弥助《やすけ》と会っているらしい。仲《なか》のよいところを見せつけられているようで、腹《はら》が立つ。

弥助《やすけ》を一人占《ひとりじ》めしたくて、津弓《つゆみ》は早口で言った。

「今日《きょう》は弥助《やすけ》は津弓《つゆみ》と遊ぶの。梅吉《うめきち》は帰って。梅吉《うめきち》は招《まね》いてないんだから、帰って！」

「おあいにくさま。おいらのほうが先客だもんね。そっちこそえんりょしなよ。月夜公《つくよのぎみ》が無理《むり》やり割《わ》りこんでこなきゃ、いまごろ、おいらたち、すいかを食ってたはずなんだ」

「弥助《やすけ》と、すいかを？」

「うん。でっかくて、うんと冷《ひ》やしてあるやつ。弥助《やすけ》も食うのを楽しみにしてたのになぁ。だれかさんのせいで、さんざんだよなぁ」

津弓《つゆみ》は涙目《なみだめ》になってしまった。言い返したいが、なかなか言葉がうかんでこない。

津弓《つゆみ》は弥助《やすけ》に助けを求《もと》めた。

「弥助《やすけ》。ねえ、弥助《やすけ》、起きて。梅吉《うめきち》に言ってやってよ。帰れって言って」

だが、いくら声をかけても、ゆすっても、弥助《やすけ》はぴくりともせず、目も開けてくれない。

と、ぴょんと、梅吉《うめきち》が弥助《やすけ》の肩《かた》に乗った。

「うーん。こりゃだめだ。完全に気を失《うしな》ってら。月夜公《つくよのぎみ》ったら、思いっきり乱暴《らんぼう》に運んだりするからなぁ。弥助《やすけ》が人間だってこと、もうちょっと考えてやればいいのに」

「お、叔父上《おじうえ》はやさしいもん！　悪口は許《ゆる》さない！」

「ああ、はいはい。けど、どうするかなぁ。弥助《やすけ》が起きなきゃ、おいらもつまんないし。

こんなおぼっちゃんといたって、楽しくないし」

「梅吉《うめきち》、いじわる！　きらい！」

「おいらも津弓《つゆみ》は好《す》かない。なんだよ。月夜公《つくよのぎみ》に弥助《やすけ》をさらわせるなんて、卑怯《ひきょう》だろ」

子妖怪《こようかい》たちはにらみあった。

「じゃあ、勝負するかい？　おいらと津弓《つゆみ》、どっちが弥助《やすけ》と遊ぶか、勝負で決めるんだ」

「やる！　もし津弓《つゆみ》が勝ったら、梅吉《うめきち》は出てって！　あと、しばらく弥助《やすけ》に会っちゃだめだから」

「ふうん。そういうこと言うなら、おいらも条件《じょうけん》をつける。おいらが勝ったら、もう絶対《ぜったい》、月夜公《つくよのぎみ》を使って弥助《やすけ》を呼《よ》びよせないこと。それでどうだい？」

「うっ……わ、わかった。どうせ津弓《つゆみ》が勝つんだから。それで、なんの勝負する？」

「すもう、はだめだな。それじゃ津弓《つゆみ》が勝つに決まってる。かくれんぼなんかどうだい？」

「それ、ずるい。梅吉《うめきち》はねずみくらいしかないから、どこだって潜《もぐ》りこめるもの」

「ね、ねずみって言うなよ！」

いろいろ案《あん》を出したが、なかなか決まらない。

だが、ついに津弓《つゆみ》は思いついた。

「そうだ！　蔵《くら》があるよ！」

「蔵《くら》ぁ？」

「うん。いろいろなものがしまってあるの。きっと弥助《やすけ》がよろこぶようなものも、たくさんあると思う。だから、どっちが弥助《やすけ》をよろこばせられるか、そういう勝負しない？」

「ふんふん。わかってきたぞ。つまり、おいらたちでその蔵《くら》に入って、弥助《やすけ》が気に入りそうな品を探《さが》すんだな。で、どっちの品がいいか、弥助《やすけ》に選《えら》ばせるってわけだ」

「うん。これなら公平でしょ？」

「そうだな。うん。そいつにしよう」

弥助《やすけ》を部屋に残《のこ》したまま、津弓《つゆみ》と梅吉《うめきち》は蔵《くら》へと向かった。

長い長い廊下《ろうか》を抜《ぬ》けて、二人は庭へと出た。とたん、梅吉《うめきち》が声をあげた。

「うわ、なにこれ！　きれいだ！」

そこに広がっていたのは、湖のように大きな池だった。水は浅《あさ》く、そのかわり息をのむほどに澄《す》んでいる。底《そこ》にしきつめられている玉石がきらめいているようすも、小さな青白い人魚が泳ぎまわっているすがたも、はっきりと見てとれる。

水面では睡蓮《すいれん》やあやめが咲《さ》き誇《ほこ》り、その間を妖蛍《ようけい》が舞《ま》っている。また、あちこちに小さな島があった。それぞれに見事な草木が植えられ、くふうがこらされている。島々へは赤い太鼓橋《たいこばし》がかけられていて、自由に渡《わた》れるようになっていた。

目を丸くする梅吉《うめきち》に、津弓《つゆみ》は胸《むね》を張《は》って自慢《じまん》した。

「この庭、叔父上《おじうえ》が作ったんだよ。すごいでしょ？」

「うん。すげえよ。うちの里と同じくらいきれいだ」

「梅吉《うめきち》の、里？」

そうさと、今度は梅吉《うめきち》が胸《むね》を張《は》った。

「おいらの一族が代々住んできた里だよ。梅《うめ》の木が何千本もはえてんだ。如月《きさらぎ》になると、いっせいに花を咲《さ》かせるのさ。きれいなのはもちろんだけど、なんたって匂《にお》いがいいんだ。香華仙女《こうかせんにょ》さまさえ、その時期だけはうちの里にやってくるくらいなんだから」

「で、でも、その里がきれいなのは如月《きさらぎ》だけでしょ？　この庭は一年中すごいんだから」

むっとしたように梅吉《うめきち》は津弓《つゆみ》をにらんだ。

「うちの里だって、別《べつ》に花の時期だけがすごいわけじゃないぞ。梅雨《つゆ》に入る前になると、梅《うめ》の実がどっさり実るんだ。収穫《しゅうかく》の時期はたくさん妖怪《ようかい》たちがやってきて、そりゃもう、にぎやかなんだ。夜はもちろん宴会《えんかい》さ。ここの庭はたしかにきれいだけど、そういう楽しいことはできないだろ？」

おいらんとこの勝ちだねと言われ、津弓《つゆみ》はくやしがった。

（おもしろくない！　やっぱり梅吉《うめきち》は追いはらわなくちゃ！）

決意も新たに、津弓《つゆみ》は心の中でつぶやいた。


津弓《つゆみ》と梅吉《うめきち》は島から島へと渡《わた》っていき、やがて竹林におおわれた島へとたどりついた。

「着いたよ。ここが蔵島《くらしま》だよ」

「蔵《くら》って言っても、なにもないじゃないか」

梅吉《うめきち》が言うように、あるのは青竹ばかり。蔵《くら》はおろか、小さな小屋一つ見当たらない。

きょろきょろする梅吉《うめきち》の前で、津弓《つゆみ》は得意《とくい》げに胸《むね》を張《は》った。

「ちゃんとあるよ。いま、見せてあげる」

津弓《つゆみ》は足元を見おろした。足元には、白い玉石がしきつめられている。

ここに、叔父《おじ》が教えてくれた目印《めじるし》がある。あれを見つけさえすれば、門は開く。

そして見つけた。銀杏《ぎんなん》ほどの玉石だ。他の玉石とほとんど区別《くべつ》がつかないが、じっと見ればうっすらとした朱《しゅ》色で、小さな紋《もん》が入っているのが見える。

円の中に、三本の狐《きつね》の尾《お》が渦《うず》を巻《ま》いている。月夜公《つくよのぎみ》の家紋《かもん》だ。

津弓《つゆみ》はかがみこんで、その家紋《かもん》にそっと触《ふ》れた。

と、かたかたと、道の小石が跳《は》ねだした。

「わ、な、なんだよ！」

突然《とつぜん》のことに、梅吉《うめきち》はあわてて津弓《つゆみ》の肩《かた》に飛《と》びのった。梅吉《うめきち》をびっくりさせることができたのがうれしくて、津弓《つゆみ》はくすくす笑《わら》った。

「梅吉《うめきち》のこわがり」

「う、うるさいな。いきなりなんだから、びっくりするのは当たり前だろ？　それより、なんなんだよ、これ？」

「ふふ、すぐにわかるよ」

津弓《つゆみ》の言葉どおりになった。跳《は》ねていた小石たちは、みるみる積《つ》み重《かさ》なっていき、鳥居《とりい》の形を作ったのだ。大人が一人くぐれるほどの大きさの、白い石の鳥居《とりい》だ。

梅吉《うめきち》を肩《かた》に乗せたまま、津弓《つゆみ》はその鳥居《とりい》をくぐった。

とたん、二人は大きな建物《たてもの》の中にいた。

そこはほのかに明るく、奥行《おくゆ》きがあった。両脇《りょうわき》には高い棚《たな》が壁《かべ》のようにならんでいる。

どの棚《たな》も、箱や壺《つぼ》が所せましと置《お》かれていた。奥《おく》には大きな長持もたくさんある。

「ここがうちの蔵《くら》だよ。さ、弥助《やすけ》にあげる物、探《さが》そう」

「よし。ずるはなしだぞ。一度選《えら》んだ物は引きさげない。それから、弥助《やすけ》に見せるまで、包《つつ》みや箱を開けたりしない。それでどうだい？」

「いいよ」

「じゃ、やろう！」

二人は張《は》りきって探《さが》しはじめた。津弓《つゆみ》は棚《たな》の通路を走りまわり、梅吉《うめきち》は津弓《つゆみ》が入れないような棚《たな》の奥《おく》へと潜《もぐ》りこむ。いい物を見つけなくてはと、どちらも必死《ひっし》だ。

鍵《かぎ》がかけられたこの箱は？　いかにも大事なものが入っているようではないか。いや、ずっしり重いこちらの小箱はどうだ？　ああ、迷《まよ》う。やはり、これぞという物を選《えら》びたい。

弥助《やすけ》が「すごいな！」とおどろいて、よろこんでくれる物でなければ。

ほこりまみれ、汗《あせ》だくとなりながら、津弓《つゆみ》は棚《たな》から棚《たな》をのぞいていった。背《せ》の届《とど》かぬところには、飛《と》びついて、よじ登ったりもした。

と、きらきらしたものが目の端《はし》に入った。

きらびやかさに惹《ひ》かれて、津弓《つゆみ》は手をのばして、それを引っぱりだした。

豪華《ごうか》な金襴《きんらん》の布《ぬの》で包《つつ》まれたものだった。大きさは、ちょうど津弓《つゆみ》がかかえられるほど。それほど重くはない。

これにしよう。

心が決まった。これだけきれいな布《ぬの》に包《つつ》まれているのだ。きっと、中身はそれはすばらしいものにちがいない。大きめなところも気に入った。

「決めた！　津弓《つゆみ》、どれにするか決めたよ！」

声をはりあげると、返事があった。

「おいらも決めたよ」

ごそごそと、上の棚《たな》のほうから梅吉《うめきち》が出てきた。なにやら細長い袋《ふくろ》を引っぱっている。

それを見たとたん、津弓《つゆみ》は安心した。自分が見つけた包《つつ》みにくらべると、その袋《ふくろ》はずっと地味で、小ぎたなかったからだ。大きさも、煙管《きせる》が入るほどしかない。

なのに、梅吉《うめきち》は袋《ふくろ》のなにが気に入ったのか、満面《まんめん》の笑《え》みだ。

「おいら、これにすることにした。なんか、いい感じがしたんだ」

「ふうん。小さいの、選《えら》んだね。津弓《つゆみ》はほら、こんなのにしたよ」

「ふん。津弓《つゆみ》はわかってないなぁ。きらきらした見た目にだまされちゃってさ。それに、でかけりゃいいものってわけじゃないのにさ」

「そんなことない。大は小をかねるって言うもん」

「むぅ。そ、そんな人間が使うことわざ、信《しん》じたりして、ばかみたいだ」

「いいもの。津弓《つゆみ》、人間好きだもの。弥助《やすけ》だって人間だし」

「むぅ……」

「さ、弥助《やすけ》のとこにもどろ。弥助《やすけ》に、どっちがいいか選《えら》んでもらうんだから」

津弓《つゆみ》は機嫌《きげん》よく言った。

3

部屋にもどってみると、弥助《やすけ》はまだ気を失《うしな》ったままだった。津弓《つゆみ》と梅吉《うめきち》は、弥助《やすけ》の体のあちこちをつねったり、くすぐったりしたのだが、まったく効果《こうか》なしだ。

「ちぇ。どうするんだよ、津弓《つゆみ》？　弥助《やすけ》、ぜんぜん起きないじゃないか」

「そんな津弓《つゆみ》のせいみたいに言わないでよ！」

「しかたないなぁ。……じゃあ、弥助《やすけ》が起きたときのために、中身を出しておこうよ。そうすりゃ、すぐに選《えら》んでもらえるからさ」

「そうだね。ま、まずは梅吉《うめきち》から出してみてよ」

「なんだよ。こわくなったのかい？　い、いいよ。おいらから出してやろうじゃないか」

梅吉《うめきち》は息を吸《す》ってから、自分が選《えら》んだものを袋《ふくろ》から引っぱりだした。

出てきたのは、扇《おうぎ》だった。紙は使われてはおらず、薄《うす》く削《けず》った木でできている。そして、うっとりするようなあまい香《かお》りをはなっていた。

香《かお》りが部屋いっぱいに広がっていく中、梅吉《うめきち》は顔をかがやかせた。

「な？　すごくいい匂《にお》いだろ？　これ、弥助《やすけ》は絶対《ぜったい》気に入るよ！　絶対《ぜったい》だね！」

「ま、まだわかんないよ。津弓《つゆみ》のがあるんだから」

津弓《つゆみ》は必死《ひっし》で言いかえし、自分の包《つつ》みを手に取り、それっと、結《むす》び目《め》を解《と》いた。

だが、現《あらわ》れたのは、思ってもいなかったものだった。

一瞬《いっしゅん》の沈黙《ちんもく》のあと、梅吉《うめきち》がはじけるように笑《わら》いだした。

「あははははっ！　こ、こいつは傑作《けっさく》だ！　お、お、桶《おけ》だなんて！」

そう。包《つつ》みの中から現《あらわ》れたのは、古そうな桶《おけ》だったのだ。

世にも惨《みじ》めな気持ちで、津弓《つゆみ》は桶《おけ》を見つめた。

負けた。完全《かんぜん》に自分の負けだ。弥助《やすけ》を梅吉《うめきち》に取られてしまう。悲しい。くやしい。

がまんできず、涙《なみだ》がこぼれた。その涙《なみだ》は、そのままぽたんと桶《おけ》の中に落ちていった。

ひゅううう。

奇妙《きみょう》な音が聞こえだしたのは、それからすぐのことだった。

「な、なんだよ。負けたからって、変《へん》な声出すなよ、津弓《つゆみ》」

「ち、ちがう。津弓《つゆみ》じゃないもん」

「じゃ、なんだよ、これ?」

おびえる子どもたちの耳に、今度は声が聞こえてきた。

「……食うかや? 食うかや?」

不気味《ぶきみ》な、地の底《そこ》から響《ひび》いてくるような声だ。それが「食うかや? 食うかや?」と、しきりにくりかえす。

こわくてたまらず、津弓《つゆみ》は思わず聞き返してしまった。

「く、食うって?」

「あ、ばか! しゃべるな!」

梅吉《うめきち》が真っ青になって津弓《つゆみ》の口に飛《と》びついた。だが、もう遅《おそ》かった。

「……そうか。食うのか。食うのか。……ならば食わせてしんぜよう」

その言葉とともに、どーんと、桶《おけ》から真っ白なものが噴《ふ》きあがった。

津弓《つゆみ》も梅吉《うめきち》も目をむいた。

「そ、そうめん?」

そうめんだった。白い大量《たいりょう》のそうめんが、どぶどぶと、桶《おけ》からわきあがってくるのだ。

その勢《いきお》いはすさまじく、いっこうに止まる気配はない。

押《お》しよせてくるそうめんの波に、子妖怪《こようかい》たちは悲鳴をあげた。

「ちょげぇえっ！」

「うきゃあああっ！」

逃《に》げようにも逃《に》げられない。まるで蛇《へび》の大群《たいぐん》にからみつかれるように、たちまちそうめんにからめとられてしまった。

「そ、そうめんに溺《おぼ》れて死ぬなんて、い、いやぁ！」

「お、おいらだって、げぶ、ま、まっぴらだよ！　な、なんとかしてくれよ！　津弓《つゆみ》が持ってきたんだろ？」

「そ、そんなこと言われても……い、いや！　お、叔父上《おじうえ》ぇぇぇ！」

部屋に収《おさ》まりきらなくなったそうめんが、ふすまを押《お》しやぶって外へなだれでるのと、いきなり現《あらわ》れた月夜公《つくよのぎみ》が津弓《つゆみ》と梅吉《うめきち》をすくいあげるのとは、ほとんど同時であった。

「あ、あ、叔父《おじ》、上……」

「……これはいったい、何事だえ、津弓《つゆみ》？」

さすがの月夜公《つくよのぎみ》も顔がひきつっていた。

だが、津弓《つゆみ》がごめんなさいと言おうとする前に、つまみあげられた梅吉《うめきち》がわめいた。

「んなことより、弥助《やすけ》！　弥助《やすけ》がまだあの中にいるんだよ！」

「そ、そうだった！　叔父上《おじうえ》！　弥助《やすけ》を！　弥助《やすけ》を助けてあげて！」

「このままじゃ弥助《やすけ》がそうめんで死んじまうよ！」

津弓《つゆみ》と梅吉《うめきち》の悲鳴に、わけがわからぬという顔をしつつも、月夜公《つくよのぎみ》は指を鳴らした。

どぶっと、音をたてて、弥助《やすけ》がそうめんの中から飛《と》びだしてきた。全身そうめんまみれだが、生きてはいるようだ。

ほっとする子どもたちに、今度こそ月夜公《つくよのぎみ》はきびしい目を向けた。

「それで？　これはどういうわけなのだえ？」

「うっ……」

亀《かめ》のように首をすくめても、月夜公《つくよのぎみ》の眼光《がんこう》からは逃《に》げられない。津弓《つゆみ》と梅吉《うめきち》は洗《あら》いざらい白状《はくじょう》するはめとなった。

「なるほど。そういうことかえ。よくわかったわ」

月夜公《つくよのぎみ》は例《れい》の桶《おけ》を持ちあげた。月夜公《つくよのぎみ》が術《じゅつ》をかけたため、すでにふつうの桶《おけ》にもどっている。

「この桶《おけ》はな、そうめん鬼《おに》を封《ふう》じてあるものなのじゃ。こやつは、腹《はら》も裂《さ》けよとばかりに、そうめんを食わせたがる鬼《おに》よ。じゃから、吾《われ》が蔵《くら》から出さぬようにしておったに」

「……ごめんなさい、叔父上《おじうえ》」

津弓《つゆみ》はしょげにしょげた。叔父《おじ》の声に怒《いか》りはなく、ただただあきれた響《ひび》きがあり、それがいっそうこたえたのだ。と、おどろいたことに、梅吉《うめきち》が口をはさんできた。

「あ、あのさ、月夜公《つくよのぎみ》。津弓《つゆみ》のこと、そんなにしからないでやっておくれよ。悪いのは、お、おいらも同じなんだ」

「う、梅吉《うめきち》?」

「だって、そうだろ? おいらがいろいろ言ったから、津弓《つゆみ》もむきになっちまったわけだし。つ、津弓《つゆみ》は半分しか悪くない。半分だけ怒《おこ》って、残《のこ》り半分はおいらをしかっておくれ」

「梅吉《うめきち》……いいやつだったんだね」

「う、うるさいな。別《べつ》に津弓《つゆみ》をかばってるわけじゃないぞ。当たり前のこと言ってるだけだい。おいら、卑怯者《ひきょうもの》にはなりたかないからね」

青梅《あおうめ》のような顔を少しだけ赤らめながら、梅吉《うめきち》は口をとがらした。

と、ふっと、息がもれた。月夜公《つくよのぎみ》が軽く笑《わら》ったのだ。

「なかなか良《い》い度胸《どきょう》じゃな、梅《うめ》の里の梅吉《うめきち》。この吾《われ》に向かって堂々《どうどう》と物申すとは」

「ひっ……」

「お、叔父上《おじうえ》。梅吉《うめきち》をいじめないで！」

「いじめなどせぬわ。そなたらがぞんぶんに痛《いた》い目におうたのはわかっておる。いまので身にしみておろうからの。これ以上《いじょう》はなにも言わぬし、罰《ばつ》も与《あた》えぬわえ」

「ほ、ほんと？」

よかったと胸《むね》をなでおろす子どもらに、月夜公《つくよのぎみ》はじわりと言った。

「じゃが、一つだけ言っておく。そちらの扇《おうぎ》を開いて、あおいでいようものなら、こんな騒動《そうどう》ではすまなかった。……下手《へた》をしたら、弥助《やすけ》は死んでいたぞえ」

ぎょっとする津弓《つゆみ》たちに、月夜公《つくよのぎみ》は「これはねむねむの扇《おうぎ》よ」と、木の扇《おうぎ》を指《ゆび》さした。

「戦場にはえていたねむの木から削《けず》りだされたものじゃ。たらふく血と怨念《おんねん》を吸《す》いこんだ邪悪《じゃあく》な品よ。あまい香《かお》りをはなちはしているが、扇《おうぎ》を開いてあおごうものなら、死の眠《ねむ》りに引きずりこんできよる。これを開かなかったのは、不幸《ふこう》中の幸いであったな」

子どもたちはふるえあがった。

「な、なんで、そんなあぶないものばっかり、うちの蔵《くら》にあるのですか、叔父上《おじうえ》？」

「害《がい》をなす物ゆえ、吾《われ》が預《あず》かり、安全にしまっておるのよ。これも一族の役目の一つじゃ、津弓《つゆみ》。その役目を担《にな》う覚悟《かくご》ができるまで、あの蔵《くら》に入ってはならぬ。よいかえ？」

「は、はい！」

津弓《つゆみ》の背筋《せすじ》がぴんとのびたときだ。

床《ゆか》に転がされていた弥助《やすけ》が、急に息を吹《ふ》きかえした。

「ぶえっ！　げはっ！　な、なんだよ、これ？　そ、そうめん？」

「や、や、弥助《やすけ》ぇ！」

「無事《ぶじ》でよかったよぉ！」

泣《な》きじゃくりながら飛《と》びついてきた津弓《つゆみ》と梅吉《うめきち》に、弥助《やすけ》は目をぱちくりさせるばかりだ。

一方、月夜公《つくよのぎみ》は部屋の惨状《さんじょう》に顔をしかめていた。あふれでたそうめんは、量《りょう》にしておよそ数百人分はあるだろう。廊下《ろうか》もすっかり埋《う》めつくされている。

「……これは……捨《す》てるのにどれほどかかるやら」

この言葉に反応《はんのう》したのは、弥助《やすけ》だった。

「捨《す》てるって、このそうめんを？　もったいないよ。食い物なんだから、食っちまえばいいじゃないか。……いい考えがあるんだけど、聞くかい？」

「……聞いてやろうではないか」


その夜、月夜公《つくよのぎみ》の庭にて、納涼祭《のうりょうさい》が開かれることとなった。

弥助《やすけ》に声をかけられ、おそるおそる月夜公《つくよのぎみ》の屋敷《やしき》に足を運んだ妖怪《ようかい》たちは、初《はじ》めて目にする庭の見事さに感嘆《かんたん》の声をあげた。

そして、そんな彼《かれ》らにふるまわれたのが、そうめんだ。月夜公《つくよのぎみ》のねずみたちの手によってきれいに洗《あら》いなおされたそうめんに、だれもが舌鼓《したつづみ》を打った。

津弓《つゆみ》も梅吉《うめきち》も、そして弥助《やすけ》も、せっせとそうめんをかっこんだ。

「うまい！　うまいなぁ、そうめん！」

「うん。おいしい！」

「こう、ちょっとねぎを刻《きざ》んだのを入れると、また味変《あじが》わりしていいや」

「おいらはさんしょをかけて食うのも好《す》きだよ」

「おまえ、なかなか通だな、梅吉《うめきち》」

「や、弥助《やすけ》。津弓《つゆみ》だって、さんしょくらい食べられるよ。津弓《つゆみ》も通だよ」

「うんうん。わかってるって」

弥助《やすけ》に頭を軽くなでられ、津弓《つゆみ》は満面《まんめん》に笑《え》みをうかべた。

弥助《やすけ》がそばにいて、笑《わら》いかけてくれる。梅吉《うめきち》はあれこれ生意気なことを言ってくるけれど、それに言いかえすのも楽しくなってきた。

なにより、客人たちのにぎやかさが心地よかった。

いつも静《しず》かな庭に、たくさんの妖怪《ようかい》たちがいる。みんな楽しそうに笑《わら》い、おいしそうにそうめんをすすっている。わいわいがやがや、まるで正月の騒《さわ》ぎのようだ。

楽しさもあいまって、笑顔《えがお》も箸《はし》も止まらない。

と、月夜公《つくよのぎみ》が近づいてきた。

「楽しんでおるかえ、津弓《つゆみ》？」

「あ、叔父上《おじうえ》！　はい！　もう、すごくすごく楽しいです！」

にこにこの甥《おい》に、月夜公《つくよのぎみ》もとろけんばかりの笑顔《えがお》となった。

「そうか。それはよかった。……弥助《やすけ》。納涼祭《のうりょうさい》とはよくぞ思いついたの。お手柄《てがら》じゃ」

「へへへ。一石二鳥だろ？　そうめんは片《かた》づくし、みんなにはよろこばれるし。……あのさ、千にいも呼《よ》んじゃだめ？」

「ならん」

にべもなく月夜公《つくよのぎみ》は言った。

「あの小面憎《こづらにく》い白面を、この屋敷《やしき》に入れさせるわけにはいかぬわえ。それに……あやつめもまだ頭に血がのぼっていようからの」

「千にいが？　なんで？」

「うぬをここへ連《つ》れてきたことに、どうやら腹《はら》を立てているらしい」

「あ、そりゃそうだろうね……」

どう考えても、月夜公《つくよのぎみ》のやり方は乱暴《らんぼう》だった。千弥《せんや》が怒《おこ》らぬはずがない。

養《やしな》い親《おや》の怒《いか》りを思《おも》いうかべ、弥助《やすけ》は身ぶるいした。

「……あのさ、どうやって千にいの怒《いか》りをおさめるつもりだい？」

「ふん。手は考えておるわ。津弓《つゆみ》のため取りよせた仙薬《せんやく》を、少しわけてやるつもりじゃ。白嵐《びゃくらん》めはうぬの身をやたら案《あん》じているようだからの。貴重《きちょう》な薬が手に入るとなれば、あやつめもころりと怒《いか》りを鎮《しず》めよう。ふん。まったく親ばかなことじゃ」

「……おれが言えた義理《ぎり》じゃないけど、千にいも月夜公《つくよのぎみ》にだけは言われたくないかもね」

「なにか言うたかえ？」

「なんでもありません」

と、くすくす笑《わら》いながら、梅吉《うめきち》が弥助《やすけ》の足をつついた。

「弥助《やすけ》といい津弓《つゆみ》といい、大事にされすぎんのも大変《たいへん》だね」

「ほっといてくれよ。……ところでさ、さっきから耳にはさんでる話をつなげるとだ。おまえたちが持ちだした桶《おけ》から、このそうめんが出てきたってことなんだろ？　なんだってそんな桶《おけ》を持ちだしたりしたんだよ？」

弥助《やすけ》の問いに、梅吉《うめきち》と津弓《つゆみ》は顔を見合わせた。そして、口をそろえて言ったのだ。

「教えない！」

「そ。弥助《やすけ》には絶対《ぜったい》教えない」

「……なんか、おれが知らない間にずいぶん仲良《なかよ》くなったみたいだなぁ」

ぼやく弥助《やすけ》の前で、いひひと、津弓《つゆみ》と梅吉《うめきち》は笑《わら》いあった。

自分たちが数々のいたずらをしでかし、妖怪《ようかい》たちに「悪たれ二つ星」とおののかれるようになることを、津弓《つゆみ》も梅吉《うめきち》もまだ知らないのであった。

紅葉《もみじ》の下に風解《と》かれ

1

秋が来た。

太鼓《たいこ》長屋の少年、弥助《やすけ》にとって、秋の楽しみはなんと言っても栗《くり》ひろいだ。毎年どっさり拾っては、茹《ゆ》で栗《ぐり》、焼《や》き栗《ぐり》、栗《くり》おこわと、栗《くり》づくしを楽しむのだ。

だが、今年はどうもいけなかった。あちこちの林を調べてみたのだが、栗《くり》の実がまったく見当たらない。みんな、青いうちに落ちてしまったらしい。

「今年は栗《くり》づくしはあきらめることになりそうだなぁ」

弥助《やすけ》がしょんぼりしていると、玉雪《たまゆき》が太鼓《たいこ》長屋にやってきた。

玉雪《たまゆき》は白兎《しろうさぎ》の妖怪《ようかい》だ。人のすがたでいるときは、色白のふっくらとした女に化け、柿《かき》色の着物を着ている。そして、千弥《せんや》に負けぬほど弥助《やすけ》のことをかわいがっている。

だから、元気のない弥助《やすけ》を見るなり、おろおろとした顔になった。

「どうしたんです、弥助《やすけ》さん？　あのぅ、そんな顔をするなんて、なにがあったんです？　あたくしにできることなら、なんでもしますから。あのぅ、なんでも言ってください」

「いや、たいしたことじゃないんだ。ただ、今年は栗《くり》ひろいはできそうにないなって、ちょっと残念《ざんねん》に思ってね」

「栗《くり》、ひろい？　栗ひろいがしたいなら、あのぅ、あたくしの栗林《くりばやし》はどうです？　今年もちゃんと実ってて、あのぅ、いまがちょうどいい時期ですよ」

「玉雪《たまゆき》さんの栗林《くりばやし》？」

おどろく弥助《やすけ》に、こくりと玉雪《たまゆき》はうなずいた。


翌日《よくじつ》の早朝、弥助《やすけ》は玉雪《たまゆき》に連《つ》れられ、江戸《えど》から遠くはなれた山へとおりたった。

そこには、太い栗《くり》の木がそこら中にはえていた。地面には、大きな栗《くり》のいがごろごろと落ちているではないか。

「い、いいの？　これ拾っていいの？」

「もちろんですよ」

答える玉雪《たまゆき》は、子牛ほどもある大きな白兎《しろうさぎ》のすがたになっていた。妖力《ようりき》が弱いため、昼間は人のすがたを保《たも》てないのだ。ふくふくの体をゆらすようにして、玉雪《たまゆき》は言った。

「いっぱい拾ってってくださいな。あたくしは、あのぅ、ちょっと林の外に出ていますから。もちろん、遠くへは行きませんから。なにかあったら呼《よ》んでください」

そうして玉雪《たまゆき》は茂《しげ》みの向こうに消えた。

弥助《やすけ》は栗《くり》を拾いだした。どれもりっぱなやつばかりだ。持ってきた背負《せお》い籠《かご》がどんどんいっぱいになっていく。

弥助《やすけ》はほくほく顔だった。

帰ったら、まずは焼《や》き栗《ぐり》にしよう。明日は栗《くり》おこわだ。ああ、考えるだけで、よだれが出そうだ。

そんなことを考えながら、弥助《やすけ》は拾いつづけた。

そのうち、小川が見えてきた。小川の向こうには、小さな寺があった。寺と言っても、もう長いこと人が住んでいないのだろう。苔《こけ》が生えた屋根には大穴《おおあな》が開き、柱《はしら》は虫食いでぼろぼろ、しっくいの壁《かべ》はいまにもくずれてしまいそうだ。

そんな寺の前に、玉雪《たまゆき》がいた。じっとうずくまり、寺と向かいあっている。

一瞬《いっしゅん》声をかけようかとも思ったが、弥助《やすけ》はだまって栗林《くりばやし》に引きかえすことにした。玉雪《たまゆき》の邪魔《じゃま》をしてはいけないと、なんとなく思ったのだ。

その日の夕暮《ゆうぐ》れ、玉雪《たまゆき》と大量《たいりょう》の栗《くり》と共《とも》に、弥助《やすけ》は太鼓《たいこ》長屋にもどった。

かわいい弥助《やすけ》がうんと楽しんだと知り、千弥《せんや》はめずらしく玉雪《たまゆき》に礼を言った。

「世話になったね、玉雪《たまゆき》。礼を言うよ」

「と、と、とんでもないです。あのぅ、あたくしの栗林《くりばやし》を弥助《やすけ》さんがよろこんでくれれば、あのぅ、あたくしもすごくうれしいですし」

照《て》れたように言う玉雪《たまゆき》に、弥助《やすけ》がたずねた。

「そのことなんだけどさ、あの栗林《くりばやし》はどうして玉雪《たまゆき》さんのものになったんだい？」

「わたしも知りたいね。妖怪《ようかい》のおまえが、どうしてそんなものを持っているんだい？」

弥助《やすけ》たちの問いに、玉雪《たまゆき》はほほえんだ。

「あのぅ、いただいたんです」

「だれに？」

「ある人に。……あのぅ、よければ、あたくしの昔話に付《つ》きあってくださいな」

玉雪《たまゆき》は静《しず》かに話しはじめた。

2

そのとき、玉雪《たまゆき》はじれていた。

昼も夜も、頭にうかんでくるのは、一人の男の子のすがただ。日に焼《や》けた肌《はだ》をした、笑顔《えがお》のかわいい男の子。名は智太郎《ともたろう》。

どこにいるのだろうと、玉雪《たまゆき》は目を閉《と》じた。

智太郎《ともたろう》。罠《わな》にかかってもがいていた自分を助けてくれた子。「玉雪《たまゆき》」という名を与《あた》えてくれた人の子。かわいくてかわいくて、大好《だいす》きだった。なのに、自分はその子を守りきることができなかったのだ。

(あの日、あたくしがもっとしっかりあの子を運んでいれば……)

あの日とは、智太郎《ともたろう》とその母親が魔物《まもの》に襲《おそ》われた日のことだ。

玉雪《たまゆき》は智太郎《ともたろう》を逃《に》がそうと、必死《ひっし》で引っぱった。だが、子どもは重く、途中《とちゅう》で川に落としてしまったのだ。

斜面《しゃめん》を落ちていったときの、子どものひきつった真っ青な顔が、目に焼《や》きついてしまっている。玉雪《たまゆき》の胸《むね》をえぐる思い出だ。

このはげしい後悔《こうかい》、そして智太郎《ともたろう》を見つけたいという強い想《おも》いが、玉雪《たまゆき》をあやかしに生《う》まれ変《か》わらせた。だから生《う》まれ変《か》わったあとも、玉雪《たまゆき》はひたすら智太郎《ともたろう》を捜《さが》しつづけた。

おそらく、あの子は生きてはいないだろう。だが、きっと魂《たましい》はこの世にとどまっているはずだ。自分があやかしに変化《へんか》したように、あの子もまた迷《まよ》えるものになっているはずだ。

だから見つけたい。見つけて、今度こそ守り、ずっとよりそってやりたい。

その想《おも》いに駆《か》りたてられ、玉雪《たまゆき》は動きつづけた。

だが、何年たっても見つからなかった。

そこで捜《さが》し方を変《か》えてみた。あやかしの集まりに加《くわ》わり、彼《かれ》らの話を聞くようになったのだ。

あやかしは意外にもうわさ好きで、方々から話を仕入れてくる。その多くはたわいもないことばかりだったが、玉雪《たまゆき》はがまん強く耳を傾《かたむ》けつづけた。そしてある夜、気になる話を聞いたのだ。

西の深き山の中に、闇《やみ》に穢《けが》された人の子がいる。

その一言に、どくんと、胸《むね》が高鳴った。

話を仕入れてきた水妖《すいよう》に、玉雪《たまゆき》はくわしく聞いた。その子どもは、十歳《さい》くらいの男の子で、たった一人で山の荒《あ》れ寺《でら》にいるのだという。背負《せお》った闇《やみ》の穢《けが》れがひどく、人はおろか、鳥や獣《けもの》もその山には近づかないのだとか。

聞けば聞くほど、玉雪《たまゆき》は気持ちが高ぶってきた。

智太郎《ともたろう》は、生きていれば十歳《さい》になるはず。その少年は闇《やみ》に穢《けが》されているというが、魔物《まもの》に襲《おそ》われたことで、智太郎《ともたろう》が穢《けが》れをかぶってしまったのだとしたら？　ああ、なにもかも当てはまる気がする。

たしかめなくてはと、玉雪《たまゆき》はすぐさまその少年がいるという山へ向かった。

その山は静《しず》まりかえっていた。実りの秋を迎《むか》え、木々は実を熟《じゅく》させているというのに、鳥や獣《けもの》のすがたがまるで見当たらない。

かわりに、強い穢《けが》れが満《み》ちていた。

胸《むね》をかきむしるような不安《ふあん》。ただれるような不満《ふまん》。粘《ねば》っこい憎悪《ぞうお》。あらゆる陰《いん》の気がふくれあがり、渦《うず》まいている。

それでも、玉雪《たまゆき》は先に進んだ。どうしてもたしかめたかったのだ。

じりじりと前に進み、ようやく山の中腹《ちゅうふく》にある寺へとやってきた。

ひどく荒《あ》れた寺だ。その寺の前に、小さな人影《ひとかげ》があった。

少年だ。こちらに背《せ》を向けている。きゃしゃな体つき。白い着物を着て、髪《かみ》はとても短い。坊主頭《ぼうずあたま》ではないが、指先でつまめるほどの長さしかない。

あの子か。あの子なのか。

玉雪《たまゆき》は思いきって茂《しげ》みから出てみた。少年がこちらをふりかえった。おどろいたように玉雪《たまゆき》を見る。そのきれいでさびしげな顔を見たとたん、玉雪《たまゆき》はがっかりした。

智太郎《ともたろう》ではない。

悲しみをこらえ、玉雪《たまゆき》は引きかえそうとした。

そのとき、ぞわあっと、冷《つめ》たいものが体を駆《か》けぬけた。

思わずふりかえった。それがいけなかった。

(ひっ!)

少年のうしろから、真っ黒な影《かげ》がぬっと顔を出していた。それはすくんでいる玉雪《たまゆき》に一瞬《いっしゅん》にして迫《せま》り、玉雪《たまゆき》をなぐりとばしたのだ。

体が飛《と》び、意識《いしき》も飛《と》んだ。

だが、気を失《うしな》う直前、玉雪は少年の悲鳴を聞いた。

「やめて！」

少年はそうさけんでいた。

3

幸せとはなんだろう。

舞《ま》いおちる木の葉を見ながら、少年はぼんやりと思った。

おぼえているかぎり、幸せだったことはない。友がいたことも、だれかからほほえみをむけられたこともない。少年によりそうのは孤独《こどく》だけだ。

物心ついたばかりのころは、まだ多くの人がまわりにいた。少年の家は大きく、それだけ人も多かったのだ。そのざわめき、気配、匂《にお》いを、おぼえている。

だが、それらは心地よいものではなかった。よくない言葉、意地の悪い言葉も、ずいぶん言われた気がする。

成長《せいちょう》するにつれ、少年は自分がきらわれていることを理解《りかい》していった。それを悲しいと思い、同時に不思議《ふしぎ》にも思った。いやなことを言った人、少年をつねったり転ばせたりした人は、次の日にはかならず家の中からすがたを消し、二度と見ることはなかったからだ。だんだんと少年は一人になっていった。少年の部屋を訪《おとず》れる者はいなくなった。外の廊《ろう》下《か》に食事の膳《ぜん》が置《お》かれ、あわただしく駆《か》けさる足音が聞こえるのみ。父親は、他のだれよりも少年をおそれ、会うのはおろか、目を合わすことすら拒《こば》んだ。早く死んでくれないものか。

旦那《だんな》さまがそう言っていたと、下男たちがしゃべっているのを少年は物陰《ものかげ》で聞いてしまった。その夜は冷《つめ》たい床《とこ》の中で、さめざめと泣《な》いた。父にまできらわれてしまっては、どうしたらいいかわからないではないか。

そして翌日《よくじつ》は大騒《おおさわ》ぎとなった。父が亡《な》くなったのだ。

ぼうぜんとしている少年の部屋に、祖母《そぼ》が駆《か》けこんできた。泣《な》きはらした目をつりあげ、「親殺《おやごろ》し」と、祖《そ》母《ぼ》はののしってきた。

「出ておいき！　おまえのせいで、公胤《きみたね》は死んでしまったのだよ。おまえなど孫《まご》でもなんでもない。鬼子《おにご》！　禍子《まがつこ》！　出ていけ！　早く出ていけぇ！」

老女の金切り声に押《お》しだされるようにして、少年は屋敷《やしき》を追いだされた。門の外には、旅すがたの数人の男たちがいて、転げでてきた少年を受けとめた。

「行きましょう。あなたは遠くに行くことになったのです」

乾《かわ》いた声で男たちはそう言い、少年は素直《すなお》にうなずいた。

こうして少年は屋敷《やしき》をはなれた。そのまま何日も、見知らぬ男たちといっしょに歩きつづけた。男たちはよけいな口をいっさいきかず、必要《ひつよう》なことしか言わなかった。少年の顔を見ることもない。だが、少年の体が冷《ひ》えないように気をつけてくれ、足にまめができれば薬を塗《ぬ》ってくれた。流れの速い川を渡《わた》るときなどは、肩《かた》に乗せてくれた。

そうしてついに、深い山の中にある小さな寺へとたどりついたのだ。

めずらしそうに寺を見る少年に、男たちは言った。

「あなたはこれからここで暮《く》らすのです。ここの和尚《おしょう》さまがあなたの面倒《めんどう》を見てくださる。食べ物などは月に一度、ちゃんと届《とど》くことになっているから、なにも心配はいらない」

それだけ言って、男たちは立ちさった。

少年は一人で寺に入り、和尚《おしょう》に会った。老いた和尚《おしょう》の顔はきびしかった。

「俗世《ぞくせ》を捨《す》て、ひたすら御仏《みほとけ》にすがりなさい。そうすれば、そなたにしがみつく邪《よこしま》なものも、いつの日か清《きよ》められるかもしれぬ」

寺には、和尚《おしょう》の他に、小坊主《こぼうず》が二人いた。どちらも少年よりも二つ、三つ年上で、そのうちの一人が少年の頭を剃《そ》ってくれた。かみそりの刃《は》が冷《つめ》たくて痛《いた》くて、髪《かみ》がどんどん自分から落とされていくのが悲しくて、涙《なみだ》がわいた。

翌日《よくじつ》、その小坊主《こぼうず》は死んだ。

和尚《おしょう》は顔をこわばらせながら、少年にはっきりと言った。

「そなたは生まれながらに闇《やみ》を背負《せお》っておる。そなたの悪口を言った者、ちょっとでも痛《いた》みを与《あた》えた者を、そなたは殺《ころ》してしまうのだ。ああ、そなたを引き取るべきではなかった。公胤《きみたね》さまが亡《な》くなったときに、約束《やくそく》はなかったことにするべきであった」

吐《は》きすてるように言われ、少年は亡《な》き父が早くから自分をこの寺に追いやろうとしていたことを知った。

悲しくて、胸《むね》が痛《いた》んだ。

その翌日《よくじつ》、和尚《おしょう》は冷《つめ》たくなっていた。それを見ても、もう少年はおどろかなかった。

和尚《おしょう》は少年を悲しませた。悲しませるようなことを言ったから、死んだのだ。

和尚《おしょう》の話は本当だったのだと、少年は冷たくなった和尚《おしょう》を見ながら思った。

みんな、死んでいく。自分を傷《きず》つけた者、悲しませた者は、決して死から逃《のが》れられない。

生《い》き残《のこ》ったもう一人の小坊主《こぼうず》は、いつのまにかすがたを消していた。逃《に》げたのだ。そのほうがいいと、少年は思った。そばにだれもいなければ、だれも死なせないですむ。

少年はそのまま寺にとどまった。どこにも行くあてはなかったからだ。どれほど日がたっても、だれかが寺にやってくることはなかった。

季節《きせつ》はどんどんめぐり、その変化《へんか》を、少年はただ一人、日々荒《あ》れていく寺から見ていた。どこにも行けず、泣《な》くこともできず、少年はただただそこにいた。

そして、いつのまにかまた秋となっていた。

秋は特《とく》にきらいだった。人はおろか、鳥も獣《けもの》もこの山に近づこうとしない。だれにも見向きもされない山の実りは、枝《えだ》についたまま干《ひ》からびるか、地面に落ちて腐《くさ》っていくかだ。それを見るのがたまらなく悲しかった。

早く冬になればいいと思いながら、舞《ま》いおちる木の葉を見ていたときだ。かさりと、うしろで物音がした。

ふりむいて、おどろいた。見たこともないほど大きな兎《うさぎ》がそこにいたのだ。体は犬よりも大きく、毛並《けな》みはまぶしいほどの純白《じゅんぱく》だ。

生き物を見るのはひさしぶりで、少年は兎《うさぎ》から目がはなせなかった。

一方、兎《うさぎ》もまっすぐ少年を見ていた。だが、すぐに向きを変《か》え、背《せ》を向けてきた。

立ちさろうとしていると知り、少年ははげしく思った。

行かないで！　まだ行かないで！

そう思ったとたん、兎《うさぎ》が真うしろにふっ飛《と》んだ。まるで、なにかになぐりとばされたかのように。

まさかと、少年は真っ青になった。

これもまた、自分の闇《やみ》のしわざなのか？　少年の願《ねが》いをかなえようと、兎《うさぎ》をなぐったのか？　そんなことを望《のぞ》んだわけではないのに。

「やめて！」

さけびながら、少年は兎《うさぎ》に駆《か》けよった。気を失《うしな》っている兎《うさぎ》を寺に運び、ぼろ布《ぬの》をしいた上に横たえた。もっとちゃんとした手当てをしてやりたかったが、これが精一杯《せいいっぱい》だった。

このまま死んでしまいはしないだろうか。

はらはらしながら少年は兎《うさぎ》を見守った。

そして夜、少年はまたしてもびっくりするはめとなった。

日が暮《く》れると同時に、兎《うさぎ》のすがたが消え、かわりに女が一人、その場に現《あらわ》れたからだ。

4

鈍《にぶ》い痛《いた》みと共《とも》に、玉雪《たまゆき》は目覚《めざ》めた。頭がもうろうとしていたが、だれかが自分を見ていることにはすぐに気づいた。

横を見れば、あの少年がいた。こぼれんばかりに目を見開いて、こちらを見ている。

記憶《きおく》がよみがえり、玉雪《たまゆき》はおそろしさで身がちぢんだ。自分を傷《きず》つけたあのおぞましい影《かげ》は、この少年が飼《か》っているものにちがいない。逃《に》げたいが、体が痛《いた》くて動けない。

ぶるぶるふるえている玉雪《たまゆき》に、少年は思いきったようにささやいてきた。

「あなたは……あやかし、なのです、か？」

透《す》きとおるような声だった。邪《よこしま》なものはいっさい感じられない。

玉雪《たまゆき》は顔をあげ、少年と向きあった。目鼻立ちの整った子だ。だが、顔色は悪く、かげりが色濃《いろこ》くうかんでいる。きゃしゃな体つきといい、見るからに不幸《ふしあわ》せそうなようすだ。

興味深《きょうみぶか》げに見つめてくる少年に、玉雪《たまゆき》は言葉を返した。

「あい。あのぅ、あやかしです。あのぅ……こ、こんばんは」

「こんば、んは」

言葉がたどたどしいのは、長い間一人でいたからだろう。そのようすが痛々《いたいた》しくて、玉《たま》雪《ゆき》はもう少しやりとりをつづけようと思った。

「あたくしは、あのぅ、玉雪《たまゆき》といいます。……あなたは？」

「わたし？　わたしは……あの、ごめんなさい。ちょっと思いだせない。あまり名を呼《よ》ばれたことがないし、名乗ったこともないから。だれか、と話すのは、ひさしぶりです」

少年は少しうれしそうだった。

「……あたくしが、こわくないんですか？」

「さいしょはおどろき、ました。いきなり、兎《うさぎ》、が人になったから。でも……人、は、こわいけれど、あやかし、ならこわくないです。……玉雪《たまゆき》、殿《どの》は強いです、か？」

「あ、あたくしが？　いえ、あのぅ、あまり強くはないかと……」

とたん、少年の顔が曇《くも》った。

「それで、は、だめ、ですね……」

「えっ？」

「……は、早く、帰ってく、ださい。ここに、いてはいけない。わたしは、呪《のろ》われ、ているので、す」

泣《な》きだしそうな声で言うと、少年は玉雪《たまゆき》に背《せ》を向けた。

今度こそ、玉雪《たまゆき》は息をのんだ。

ぬるりとした闇《やみ》が、少年の背中《せなか》にはりついていたのだ。

そやつは少年の背中《せなか》にはりついたまま、玉雪《たまゆき》を見ていた。まばたきもしない、黒々としたまなざしは、こちらの体に穴《あな》をあけてくるようなおそろしさがある。敵意《てきい》はまだないが、疑《うたが》っている。玉雪《たまゆき》が敵《てき》かどうかを、見定めている。

玉雪《たまゆき》は恐怖《きょうふ》にかたまった。少年の孤独《こどく》の理由も、わかった気がした。この闇《やみ》のせいで、まわりの人は少年からはなれていったのだろう。

自分も早くここからはなれなくてはと、玉雪《たまゆき》はそろりと身を起こした。

玉雪《たまゆき》が去る気配を感じたのだろう。少年はこちらを見ないようにしながら言った。

「……ごめん、なさい。玉雪殿《たまゆきどの》、を見たとき、いいな、と思ってしまった、んです。あんなにきれい、な兎《うさぎ》は、見たことがなか、ったから。もっと、そばにいて、ほ、しくて……

あんなこ、と、願《ねが》ってはいけ、なかったんです。わたしは、なにも考え、てはいけない、のに。……傷《きず》つけ、てしまって、ごめんな、さい」

玉雪《たまゆき》は言葉につまった。

なんと悲しいのだろう。なんとさびしいのだろう。まだこんなにおさないのに。

ごくりとつばを飲みこみ、玉雪《たまゆき》はささやきかけた。

「……助けて、ほしいですか？」

「助け、る……？　それは、無理《むり》、です。……何人、もの人が、憑《つ》き物落《ものお》とし、をやりまし、た。呪《のろ》い返《がえ》しの、術《じゅつ》も。でも、すべてむだ、でした」

少年はあきらめきったようすでうなだれた。

「わたしは、もう、いいのです。なにも感じなけ、れば、人からののしら、れることも、恨《うら》まれるこ、ともないし……もう、いいのです」

「そんなこと、言わないでください。ね？」

玉雪《たまゆき》は食い下がった。この少年をこのままにしてはおけなかった。

「あたくしは、あのぅ、あやかしです。あやかし仲間《なかま》にたずねれば、あのぅ、その背中《せなか》のものを祓《はら》う方法《ほうほう》がわかるかもしれませんから」

助けさせてください。と、玉雪《たまゆき》は心をこめて頼《たの》んだ。その熱意《ねつい》にうながされるように、少年の目にもうっすらと希望《きぼう》の光がうかんできた。

「本当、に、できるのですか？」

「わかりません。でも、あのぅ、まずはやってみないと。あちこちに聞いてきますので、あのぅ、三日ほどでもどってこられると、思いますから」

「はい。ではあの……もどってき、てください」

待っていますと、少年は初《はじ》めて小さく笑《わら》った。

胸《むね》の奥《おく》がほっこりするのを感じながら、玉雪《たまゆき》は寺を出た。

そのまま、あやかしたちのもとをめぐった。

古木の長老《ちょうろう》、妖亀《ようき》の隠者《いんじゃ》、物知りな巻物《まきもの》の付喪神《つくもがみ》。少年のこと、少年の闇《やみ》のことを知っていそうな相手を、玉雪《たまゆき》は片《かた》っぱしから訪《たず》ねた。

なかなか手がかりはつかめなかったが、玉雪《たまゆき》はねばり強く聞きまわった。そしてようやく、それらしきことを知っていそうなあやかしに出会ったのだ。

鈴白《すずしろ》の姥狐《うばぎつね》。五百歳《さい》という高齢《こうれい》な妖狐《ようこ》で、雪原にひっそりと暮《く》らすあやかしだ。

やってきた玉雪《たまゆき》を、姥狐《うばぎつね》は気品のある老女《ろうじょ》のすがたで出迎《でむか》えてくれた。

「ほう。西の山寺の鬼子《おにご》のことを知りたいと？　ええ、ええ。あの子のことなら、存《ぞん》じておりますよ」

思わず前のめりとなる玉雪《たまゆき》に、姥狐《うばぎつね》はゆっくりとあの少年の話をしてくれた。それはそれはおそろしく、そして悲しい話だった。

聞きおえたとき、玉雪《たまゆき》は青ざめていた。胸《むね》が苦しかった。姥狐《うばぎつね》の前でなかったら、泣《な》きだしていたかもしれない。

必死《ひっし》で心を落ちつかせようとしていたときだ。ふいに姥狐《うばぎつね》がなにかさけんだ。同時に、背後《はいご》からすさまじい殺気《さっき》を感じた。

ふりかえれば、見覚《みおぼ》えのある闇《やみ》がいた。憎悪《ぞうお》に満《み》ち、玉雪《たまゆき》をねめつけている。

しまったと、玉雪《たまゆき》は思った。すでに寺を出て四日目となっていた。少年との約束《やくそく》を破《やぶ》ってしまったことが、この闇《やみ》を動かしたにちがいない。

ここで果《は》てるわけにはいかない。なんとしても生きのびなくては。

だが、玉雪《たまゆき》が立ちあがるよりも早く、闇《やみ》は玉雪《たまゆき》に襲《おそ》いかかってきた。

5

少年は寺の庭に立ち、夜空を見上げた。

もう五日目の夜になるのに、玉雪《たまゆき》と名乗ったあやかしはもどってこない。いや、そもそももどってくる気などなかったのかもしれない。

そう思うと、じくりと胸《むね》が痛《いた》んだ。少年はうずくまり、両膝《りょうひざ》をかかえこんで、顔を伏《ふ》せた。もうなにも見たくなかった。さびしい月を見るのも、荒《あ》れた庭を見るのも、たくさんだ。ずっとこうしていよう。そのほうがいいのだ。

卵《たまご》のように丸まる少年に、黒いものがよりそっていた。

だいじょうぶ。自分がいるかぎり、守ってあげるから。

少年にその声が届《とど》くことはないが、影《かげ》は子守唄《こもりうた》を歌うように少年にささやきつづける。

だが、影《かげ》はふいに醜《みにく》い金切り声をあげた。

来るな！　こちらに来るな！

さけびの向こうに現《あらわ》れたのは、玉雪《たまゆき》だった。

気配を感じたのか、少年は顔をあげた。玉雪《たまゆき》を見て、ぱっとその目がかがやいた。

「玉《たま》、雪殿《ゆきどの》！」

「遅《おそ》くなって、あのぅ、申《もう》し訳《わけ》ありません。でも、もどってまいりましたよ……安天《あんてん》さま」

雷《かみなり》に打たれたように、少年は立ちすくんだ。口元が、手が、わなわなとふるえる。そんな少年に、玉雪《たまゆき》はゆっくりと言葉をつづけた。

「あい。あなたは、安天《あんてん》さま。京の都の、あのぅ、やんごとなき血を引く生まれでいらっしゃいます。思いだせますか？」

「安天《あんてん》……」

ああっと、少年は目を閉《と》じ、細いあごを上に向けた。

「思い、だしました。ずっと昔、そう呼《よ》ばれていた。わたしは、安天《あんてん》……でした」

「あい」

「わたしは……大き、な屋敷《やしき》に住んでい、て……でも、追いださ、れました。おばあさまに、出ていけと言わ、れて……わたしのせ、いで、父さまも亡《な》く、なってしまったから」

「それはあなたのせいじゃありません。あなたに罪《つみ》など、一つもないんです」

そう言って、玉雪《たまゆき》は安天《あんてん》のうしろにいる闇《やみ》を、きびしい目で見た。

闇《やみ》はあいかわらず禍々《まがまが》しかったが、玉雪《たまゆき》はもうこわいとは思わなかった。

「あなたは、清子《せいこ》さまとおっしゃるのでしょう?」

はっとしたようにこわばる闇《やみ》に向けて、玉雪《たまゆき》は一人の女の物語を語りだした。


昔、都でも一、二を争《あらそ》うほどの権力《けんりょく》と金《かね》を持つ一族がいた。

だが、その一族には黒いうわさがいつもつきまとっていた。

あれは魔物《まもの》と取引をした一族。鬼《おに》の血を引く穢《けが》れた一族。むやみに近づいてはならない。関《かか》わってはならない。

人々の陰口《かげぐち》、妬《ねた》みにさらされ、少しずつ一族はおとろえていった。病弱な者も増《ふ》えていき、しまいにはほんの一握《ひとにぎ》りの者たちが残《のこ》った。

そんなときに、一族の当主に娘《むすめ》が生まれたのだ。

清子《せいこ》と名づけられたその娘《むすめ》に、大人たちはかつての暮《く》らしをくわしく語って聞かせた。

大きな屋敷《やしき》。数えきれないくらいの使用人。百の花が植えられた庭。玉石をしきつめた池にかけられた、あでやかな朱塗《しゅぬ》りの橋。

あまりに聞かされたせいで、清子《せいこ》はまるで自分が見てきたかのように、そういうものを頭に思《おも》いうかべられるようになった。そして、それをふたたび取りもどすのが自分の使命と、信《しん》じて疑《うたが》わなかった。

十五の春に、清子《せいこ》は嫁《よめ》に行った。自分よりもはるかに身分の低い、だが金持ちの家に。

そして一年後、清子《せいこ》は子を一人産《う》み落《お》とした。うれしいことに、男の子だった。一族の血を受《う》け継《つ》ぐ子だ。この子さえいれば、おとろえた家を復活《ふっかつ》させられる。

役目を果《は》たしたと、清子《せいこ》はよろこんだ。

だが、生まれてきた子は、病弱だった。この子は大人になるまで生きられないだろうと医師《いし》に言われ、清子《せいこ》は絶望《ぜつぼう》を味わった。

すでに夫《おっと》との仲《なか》は冷《ひ》えきり、新しい子は望《のぞ》めそうにない。清子《せいこ》にはもうこの子しかいないのだ。

なにがなんでも、我《わ》が子《こ》を生かさなくてはならない。

追いつめられた清子《せいこ》は、一人の祈禱師《きとうし》のもとを訪《たず》ねた。

大金を払うと、祈禱師《きとうし》は清子《せいこ》の目をのぞきこみ、ある呪《まじない》のかけ方を教えてくれた。

それは、正気の者ならば、だれでもぞっとするようなものだった。だが、清子《せいこ》は目をかがやかせた。それで我《わ》が子《こ》を生かせるならば、なにをおそれることがあろうか。

そして……。

その翌朝《よくあさ》、屋敷《やしき》の者たちは、冷《つめ》たくなっている清子《せいこ》を部屋で見つけた。

清子《せいこ》は血まみれで、両手の指がすべてなくなっていた。口が真っ赤に濡《ぬ》れているところを見ると、おそらく自分で嚙《か》み切《き》ったのだろう。なぜか、横で転がって泣《な》いている赤子の口にまで、血がついている。

とにかく、おそろしいなにかが、この部屋で行われたことはまちがいない。

下人の一人が勇気《ゆうき》をふりしぼって、部屋に入った。敷居《しきい》をまたぎ、赤子を抱《だ》きあげる。

幸いにして、赤子はどこもけががはしていないようだった。

だが、ほっとしたのも束《つか》の間《ま》、下人たちは今度こそ言葉を失った。

赤子の白い背中《せなか》には、赤い目玉が二つ、はりついていたのだ。

いや、それは手のひらの跡《あと》だった。指のない手のひらが二つ、赤子の背中《せなか》にぬらぬらと光る血で押《お》しつけられてあったのだ。

だれかが悲鳴をあげると、みんなが悲鳴をあげはじめた。

以来《いらい》、その屋敷《やしき》ではひんぱんに不気味《ぶきみ》な出来事が起こることになる……。


苦しげなうなり声をあげている闇《やみ》に向けて、玉雪《たまゆき》はとどめの言葉をはなった。

「……これがあなたの物語。そうなのでしょう、清子《せいこ》さま？」

ぴしっと、闇《やみ》の表面に小さなひびが入った。それは蜘蛛《くも》の巣《す》のように広がり、ついにはぼろりぼろりと、小さなかけらとなって剝《は》がれはじめた。そうして、その下に隠《かく》されていたものがあらわになった。

現《あらわ》れたのは、女だった。小柄《こがら》で、まだ若《わか》い。ほとんど少女のようだ。白い寝間着《ねまき》だけのすがたで、長い黒髪《くろかみ》は乱《みだ》れ、肩《かた》ではげしく息をしている。安天《あんてん》の首に両腕《りょううで》を巻《ま》きつけているが、その手に指はなかった。

女は顔をあげた。その顔は、安天《あんてん》とそっくりだった。

玉雪《たまゆき》は心の中でため息をついた。

いまのいままで、玉雪《たまゆき》は怒《おこ》っていた。鈴白《すずしろ》の姥狐《うばぎつね》から話を聞いたときからずっと、清子《せいこ》の身勝手さに怒《おこ》っていた。だが、こうして清子《せいこ》を目《ま》の当《あ》たりにすると、怒《いか》りも失《う》せてしまった。

いま、玉雪《たまゆき》が感じているのは憐《あわ》れみだけだ。その憐《あわ》れみをこめて、玉雪《たまゆき》は言った。

「安天《あんてん》さまのために、あなたは自分から鬼《おに》になられた。そうすることで、安天《あんてん》さまのことを守ろうとしたんでしょうね。……でも、あなたのやり方は、あのぅ、まちがっていたんです。安天《あんてん》さまの幸せを考えなかったんですから」

いやいやと、清子《せいこ》はまるで子どものように頭をふった。

ちがうちがう。なぜそんなことを言うの？　わたくしはただ務《つと》めを果《は》たしただけ。なぜ責《せ》めるの？　そんな、ひどい。お父さま。お父さま、清子《せいこ》はがんばったのです。ほめてくださるでしょう？　お父さまならほめてくださるでしょう？

錯乱《さくらん》している清子《せいこ》に、玉雪《たまゆき》はそっとささやいた。

「落ちついて。あなたを責《せ》めるつもりなんて、あのぅ、ないんです。母になるには、あなたの心はおさなすぎた。本当はずっと、暗闇《くらやみ》の中で泣《な》いていたのでしょう？……もうやめましょう。泣《な》くのもさびしがるのも、あのぅ、おしまいにしましょう。あなたには抱《だ》きしめてくれる人が必要《ひつよう》なんです。そばにいて、子守唄《こもりうた》を歌ってくれる人が。あなたは子どもなんですから。だから、あのぅ、あなたを預《あず》かってくださる方をお連《つ》れしたんですよ」

玉雪《たまゆき》はうしろをふりかえり、呼《よ》びかけた。

「うぶめさま」

ふわあっと、その場が白く淡《あわ》い光に満《み》たされた。春の日ざしを思わせる温かな光だ。そこに一つの顔がうかびあがった。たとえようもなくやさしい〝母〟の顔だった。

〝母〟が清子《せいこ》の名を呼《よ》んだ。

こちらにいらっしゃい。守ってあげるから。もう一人にしないから。望《のぞ》むままに、ずっとずっと抱《だ》きしめてあげるから。

その声は、まるで琵琶《びわ》の音色のように清子《せいこ》の心に響《ひび》いたようだ。

清子《せいこ》は、安天《あんてん》からはなれ、一歩、また一歩、〝母〟へと近づいていった。たどりついた清子《せいこ》を、〝母〟は羽毛《うもう》のようにやわらかな腕《うで》でしっかりと抱《だ》きしめた。幸せそうに清子《せいこ》は目を閉《と》じた。そうして溶《と》けるように薄《うす》れていき、やがて消えさった。

6

安天《あんてん》はぼうぜんとしていた。

消えていく光の中に、安天《あんてん》はたしかに見たのだ。美しい顔がそこにうかび、ほんの一瞬《いっしゅん》だけこちらを見て、ほほえみかけてくるのを。

だが、もっとよく見ようとしたときには、すでに顔も光も消えてしまっていた。

「母さま……」

つぶやく安天《あんてん》に、玉雪《たまゆき》がよりそった。

「見えたんですか？」

「はい。一瞬《いっしゅん》、でした、けど……母さまはずっといた、のですか？　わたしの、そばに？」

「あい」

「わたしの闇《やみ》は、母さまだった……でも、わたしは、ぜんぜん気づ、かなかった」

「鬼《おに》になるというのは、そういうことなんですよ。力を得《え》る代わりに、あのぅ、大きな代《だい》償《しょう》を払《はら》うことになる」

だれよりも近くよりそいながら、母のすがたは我《わ》が子《こ》には見えず、声も届《とど》かない。

安天《あんてん》はうなだれながらたずねた。

「わたしは……愛《あい》されてい、たのでしょうか？」

あいと、玉雪《たまゆき》はきっぱりと言った。

「で、でも、玉雪殿《たまゆきどの》、はさっき、母さまのやり方はまちがってい、たと……」

「あい。でも、あのぅ、清子《せいこ》さまがあなたを愛《いと》しんでいたことも、まちがいないと思います。清子《せいこ》さまは自分ではそれに気づけなかっただけ。気《き》の毒《どく》な方だったんです。家のため、一族のためと、それだけしか教えられてこなかったんですから」

しばらくだまりこんだあと、安天《あんてん》はふたたび口を開いた。

「母さまは、どうなるの、でしょうか？」

「うぶめさまに預《あず》かっていただきましたから、あのぅ、もうだいじょうぶです。うぶめさまは、子を守り、愛《あい》するあやかし。うぶめさまのふところで、清子《せいこ》さまは満足《まんぞく》されるまで休むでしょう。そして、心満《み》たされたら、あのぅ、そのときは行くべき場所にちゃんと行けると思います」

「そう、ですか」

よかったと、安天《あんてん》はほっとしたように笑《わら》った。

同じように笑《わら》いかえしながら、玉雪《たまゆき》はこれからどうしたいかとたずねた。

「もうあなたは自由の身なんです。あなたを縛《しば》っていたものは、あのぅ、すべて消えたんです。だから、やりたいことをやっていいんですよ」

「やりたい、ことを……わたし、が……？」

「あい。お望《のぞ》みなら、うぶめさまのところにもお連《つ》れできますよ。あのぅ、清子《せいこ》さまといっしょに安らかに眠《ねむ》りたいですか？」

安天《あんてん》は少し迷《まよ》った。眠《ねむ》るのもいいが、できることなら、もう少し、なにか他のことをしてみたい気がする。

ふと、頬《ほお》を秋風がなでていくのを感じ、安天《あんてん》は空を見た。

「わたしは、よく思って、いたのです。風になれた、ら、いいのに、と。風なら、どこへでも、行けるから。……玉雪《たまゆき》、殿《どの》。わたしは、風になりたい、のですが」

「では、おなりなさい」

間髪《かんはつ》をいれず、玉雪《たまゆき》はうながした。

「風になって、あちこちをいっぱい見てきてください。むずかしく考えることはないんです。ただ望《のぞ》めばいいんです。そうすれば、あのぅ、あなたは風になれますから」

「望《のぞ》む……望《のぞ》めば、いいんです、ね」

なろう。風に。どこまでも駆《か》けぬける疾風《しっぷう》に。わたしはなりたい！

だが、一歩踏《ふ》みだそうとしたとき、安天《あんてん》はまだ言《い》い残《のこ》したことがあるのを思いだした。急いで玉雪《たまゆき》のほうをふりかえった。

「玉《たま》、雪殿《ゆきどの》。この寺、の、裏山《うらやま》に栗林《くりばやし》、があるのです。だれも来ないので、わたしは、勝手にわたしの栗林《くりばやし》、と名づけていまし、た。もしよかった、ら、この栗林《くりばやし》をもらって、ください」

「いいんですか？」

「はい。玉雪殿《たまゆきどの》、の、ために、栗《くり》の実がいつもたくさんつ、いてほしいと、願《ねが》いま、す」

過去《かこ》の日々を見つめなおすかのように、安天《あんてん》は周囲《しゅうい》を見た。あれほどきらいだった秋の山の風景《ふうけい》を、いま初《はじ》めて美しいと思った。

「わたしは、秋がきらい、でした。だれも来ないの、に、木々や実が色づいて、地面に落ちて、腐《くさ》って、いく。それを見る、のが、たまらなくいやで……でも、やっと秋が好《す》きに、なれまし、た。玉雪《たまゆき》、殿《どの》に出会えた、季節《きせつ》だから」

「安天《あんてん》さま……」

安天《あんてん》が玉雪《たまゆき》をふりかえった。その顔は、花がほころぶように笑《わら》っていた。

「行って、きます、玉雪殿《たまゆきどの》」

「あい。行ってらっしゃいませ」

少年は走りだした。両腕《りょううで》を広げ、まるで羽ばたくように風に身をまかせる。そして……。

消えたのだ。

玉雪《たまゆき》はそのまま安天《あんてん》が消えたほうを見つめていた。と、背後《はいご》から月夜公《つくよのぎみ》が現《あらわ》れたのだ。

玉雪《たまゆき》は心底《しんそこ》おどろき、声をあげた。

「つ、月夜公《つくよのぎみ》さま！　見守っていてくださったんですか？」

「ふん。気が向いて、たまたまここに来ただけじゃ。……まあ、たしかに少しは気にかけておったがな。せっかくばば殿《どの》のところで助けたうぬに、こんなところで死なれては、気持ちいいものではないわえ」

そう。鈴白《すずしろ》の姥狐《うばぎつね》の住まいで襲《おそ》われた玉雪《たまゆき》が助かったのは、月夜公《つくよのぎみ》のおかげだった。あ

のとき、いきなり現《あらわ》れた月夜公《つくよのぎみ》は、玉雪《たまゆき》を引きさこうとしていた清子《せいこ》を追いはらってくれたのだ。

玉雪《たまゆき》は深々と頭をさげた。

「月夜公《つくよのぎみ》さま……助けてくださって、本当にありがとうございました。命を救《すく》っていただいたうえ、あのぅ、うぶめさまとの橋わたしをしていただいて」

「恩《おん》に着ることはないわ。吾《われ》がうぬを助けたのは、うぬが吾《われ》の乳母《うば》であったばば殿《どの》の客であったからじゃ。客に死なれては、ばば殿《どの》が気《き》の毒《どく》じゃからの。うぶめを呼《よ》んだのも、単《たん》なる気まぐれにすぎぬ。しかし……よかったではないか、あの子どもが無事《ぶじ》に逝《い》って」

「はい。あのぅ、とてもうれしそうに笑《わら》っていました」

「うむ。吾《われ》も見た。……思えば哀《あわ》れな子じゃな。母の執念《しゅうねん》で産《う》み落《お》とされ、母の執念《しゅうねん》によってこの世に縫《ぬ》いとめられていたのじゃから。おそらく、自分の命がとうに尽《つ》きていることにも、気づいておらなんだであろうよ。うぬは母と子、二人を救《すく》ったことになるな」

「い、いえ、あたくしは、そんな……あのぅ、と、とんでもないことで」

あわてる玉雪《たまゆき》に、ふふんと、月夜公《つくよのぎみ》はまた鼻で笑《わら》った。

「まあよいわ。吾《われ》はそろそろ引きあげる」

「あ、あのぅ……安天《あんてん》さまがあたくしに、あのぅ、栗林《くりばやし》をくださったのですが」

「ああ、そんなことを申しておったの」

「……あたくしなどがもらってしまって、本当にいいのでしょうか?」

「うぬがもらったものじゃ。うぬの好《す》きにすればよい」

そっけなく言って、月夜公《つくよのぎみ》は去った。

一人残《のこ》った玉雪《たまゆき》は、ゆっくりと裏山《うらやま》のほうに目を向けた。安天《あんてん》のことは忘《わす》れない。来年も、そのまた次の年も、きっとここに来よう。風となった少年に、「今年はどこへ行きました? あたくしのほうは、こんなことがありましたよ」と告《つ》げるために。

そう決めて、玉雪《たまゆき》もその場を立ちさった。


玉雪《たまゆき》の話はそこで終わった。

それまで息をつめて聞き入っていた弥助《やすけ》は、おそるおそるたずねた。

「それじゃ、その安天《あんてん》って子は……幽霊《ゆうれい》、だったたってこと?」

「あい。たった一人で寺に残《のこ》され、あのぅ、飢《う》えと寒さで亡《な》くなったんだと思います」

「……なんで気づかなかったんだろう? その、自分が死んだってことに?」

「……」

口を閉《と》ざす玉雪《たまゆき》のかわりに、横にいた千弥《せんや》が静《しず》かに言った。

「たぶん、母親のせいだろうね。清子《せいこ》という女が、死んだ子どもの魂《たましい》を捕《つか》まえていたのさ」

「ど、どうして？」

「自分がこの世にとどまるためだよ」

千弥《せんや》は冷《つめ》たい笑《え》みをうかべた。

「清子《せいこ》は子どもを守るために鬼《おに》となった。だが、守るべき子どもがいなくなれば、自分も存在《そんざい》できなくなる。そうならないよう、子どもの魂《たましい》を自分に縛《しば》り、あたかも生きているように思わせた。……安天《あんてん》という子どもは、ずっと母親に操《あやつ》られていたんだよ」

「……その糸を、玉雪《たまゆき》さんが切ったんだね」

二人に見つめられ、玉雪《たまゆき》は顔を赤らめた。

「そんなりっぱなことでは……あのぅ、月夜公《つくよのぎみ》さまがお力を貸《か》してくださったから、できたことでしたし」

「そんなことない。玉雪《たまゆき》さんがやったんだ。……それじゃ、今日《きょう》、寺の前にいたのは……

安天《あんてん》に話しかけていたんだね？」

「あい。いろいろと報告《ほうこく》をしてたんですよ。あのぅ、風に乗って、きっと安天《あんてん》さまのところに届《とど》くと思いますので」

「そうだね。……で、なにを話したんだい？」

知りたくてたまらないという顔をしている弥助《やすけ》を、玉雪《たまゆき》はやさしい目で見かえした。

安天《あんてん》との出会いから、すでに数年がたっている。その間にいろいろなことがあったが、一番の大きな出来事は、捜《さが》していた子どもを見つけられたことだ。

かわいいかわいい智太郎《ともたろう》。もう智太郎《ともたろう》という名前ではなくなっていたけれど、ちゃんと生きて、元気に育っていた。そのことがとにかくうれしい。

あたくしも、あたくしの幸せを見つけましたよ。

今日《きょう》は安天《あんてん》にそう伝《つた》えてきたのだ。

だが、それは安天《あんてん》と自分だけが知っていればいい。だから、玉雪《たまゆき》はにっこりと笑《わら》って、

「それは秘密《ひみつ》です」と言ったのだ。

冬の空に
月は欠《か》け

1

粉雪《こなゆき》が舞《ま》いちる冬の夜、王妖狐《おうようこ》族の長《おさ》のもとに双子《ふたご》が生まれた。まずは姉が生まれ、それからほどなく弟があとにつづいた。

産着《うぶぎ》に包《つつ》まれた二人を見た者たちは、なんと愛《あい》らしい赤子かと、ため息をついた。珠《たま》のようなとは、まさにこの子らのことをいうのだろう。成長《せいちょう》したら、きっとみんなの心を騒《さわ》がせるにちがいない。

双子《ふたご》は宝物《たからもの》のように大切に守られ、すくすくと育っていった。

育つにつれて、双子《ふたご》の美しさはますますみがきがかかっていった。よく似《に》ている二人であったが、美しさの質《しつ》はそれぞれちがっていた。

だれにでもやさしく、いつもほほえみをうかべている姉君。

りんとしたすがたを崩《くず》さぬ弟君。

姉が真珠《しんじゅ》なら、弟は月だと、まわりの者たちは二人のことをほめそやした。

だが、そうした言葉を、双子《ふたご》はあまり気にしていなかった。ことに、弟君のほうは。

彼《かれ》は少々変《か》わっていた。物心ついたころから、大事なものとそうでないものとの区別《くべつ》がはげしかった。大事でないものは本当にどうでもよく、その一方で、大事なもの、愛《いと》しいものはとことん愛《あい》した。

そして、彼《かれ》がもっとも大切にしているのが、双子《ふたご》の姉だった。

「もう少し笑《わら》ったほうがよくてよ」

姉、綺晶《きしょう》はよくそう言った。

そのたびに、弟、雪耶《ゆきや》は言いかえした。

「笑《わら》うべき相手にはちゃんと笑《わら》っています」

「そうかしら？……あなた、わたくしにばかり笑《わら》っていない？」

「それで十分でしょう？」

「まったくしょうのない子」と、笑《わら》いかえしながらも、綺晶《きしょう》は弟のことが少々心配だった。

もう少し弟が自分以外《いがい》の相手に心を開いてくれればいいのにと。

雪耶《ゆきや》に恋《こい》する娘《むすめ》は星の数ほどいる。なのに、どんなかわいい娘《むすめ》も、雪耶《ゆきや》の目には入らぬようだ。

「……せめて、お友だちができればねぇ。あなたときたら、あの人はきらい、この人はつまらないと言ってばかり。このままでは一人になってしまうのではと、わたくしは心配よ」

「一人？　おかしなことを言いますね。わたしには姉上がいるではありませんか。一人になぞなるわけがない」

そう言い切る弟に、姉は少し複雑《ふくざつ》な表情《ひょうじょう》となった。

「そうね。……わたくしたちは双子《ふたご》。その絆《きずな》がこわれることはないでしょう。でも、この先ずっとまったく同じままではいられないと思うの」

「え……？」

「わたくし以外《いがい》に、時を過《す》ごして楽しいと思える相手を見つけなさい。そうすれば、わたくしは安心できるから」

「……やってみましょう。それで、姉上が安心できるのであれば」

雪耶《ゆきや》は約束《やくそく》した。

だが、その約束《やくそく》が果《は》たされるのは、ずいぶん先のこととなる。

2

姉がいつのまにかいないことに気づき、雪耶《ゆきや》はいらだった。

ときどき、綺晶《きしょう》はなにも言わず雪耶《ゆきや》のそばからはなれることがある。こういうことをされるのは、雪耶《ゆきや》は好《す》きではなかった。姉がどこにいるのかわからないと、不安《ふあん》になるからだ。

いらだちながら、雪耶《ゆきや》はすぐさま姉を捜《さが》した。

綺晶《きしょう》は庭にいた。太い大松《おおまつ》の枝《えだ》に腰《こし》かけ、ちらちらと舞《ま》いおちる雪を見ていた。

近づいてくる雪耶《ゆきや》に気づき、綺晶《きしょう》はいたずらっぽく笑《わら》った。

「ああ、もう見つかってしまったわね。ほら、あなたもいらっしゃいな。高いところから見る冬景色《ふゆげしき》は、とてもすてきよ」

姉が見つかったことにほっとしながら、雪耶《ゆきや》はひらりと姉のいる枝《えだ》に跳《と》んだ。

なるほど、よいながめだった。庭は雪におおわれ、大きな池も銀色に凍《こお》っている。と、屋敷《やしき》のほうで太鼓《たいこ》の音がした。あれは、門が開かれたという合図だ。

双子《ふたご》は顔を見合わせた。

「来客があったようですね、姉上」

「五老《ごろう》が父上を訪《たず》ねていらっしゃったのでしょう。ほら、今年は黄泉《よみ》の年だから」

「ああ、封《ふう》じ舞《まい》をやらなくてはいけない年でしたね」

数十年に一度、黄泉《よみ》の闇《やみ》が力を増《ま》し、こちらの世にあふれてくることがある。はげしい勢《いきお》いで押《お》しよせてきて、あらゆるものを黒く染《そ》めあげてしまうのだ。

そうなっては、力の弱い小妖怪《こようかい》や付喪神《つくもがみ》などは、いびつなものへと変化《へんか》しかねない。それを食い止めるため、封印《ふういん》の神事が行われるのだ。

二人の舞手《まいて》が選《えら》ばれ、破魔《はま》の剣《けん》をふるい、闇《やみ》を押《お》しかえす舞《まい》を舞《ま》う。舞手《まいて》となるのは、力が強いものと決まっていた。

今回はだれが選《えら》ばれるのだろうと思う雪耶《ゆきや》に、綺晶《きしょう》は言った。

「ちらりと見えてしまったのだけど、今年は雪耶《ゆきや》、あなたが一の舞手《まいて》になるでしょう」

綺晶《きしょう》には先見《さきみ》の力が少し備《そな》わっていた。文字どおり、未来《みらい》を見る力だ。綺晶《きしょう》が使おうと

思わなくとも、ときおり、幻《まぼろし》のように見えてしまうのだという。

「では、二の舞手《まいて》は姉上ですね」

「それはありえないわ。あなたは強いけれど、わたくしは……ちがうもの」

成長《せいちょう》するにつれ、雪耶《ゆきや》の妖力《ようりき》はますます増《ま》してきた。その強さはずば抜《ぬ》けていると言ってもいい。それにくらべると、姉の綺晶《きしょう》はずっとずっと弱かった。

だが、雪耶《ゆきや》はむきになって言った。

「そんなことは関係《かんけい》ない。わたしが姉上の分まで妖力《ようりき》を使って、闇《やみ》を押《お》しかえせばいい」

「それではだめよ。二人の舞手《まいて》の力は、釣《つ》りあっていなければならない。そのことは、あなたも知っているでしょう?」

「……知っています。でも、納得《なっとく》できません」

自分たちは双子《ふたご》。自分がなにかをするなら、姉も同じことをするべきだ。なにより、姉以外《いがい》のだれかと舞《ま》うなど、考えるだけでも気分が悪い。

苦り切った顔をしながら、雪耶《ゆきや》は姉にたずねた。

「では、もう一人の舞手《まいて》は? だれであったか、見えましたか?」

「いいえ、顔は見えなくて。でも……とてもきれいな気をはなっていたわ。あのような気をはなつ方であれば、あなたと合うでしょうね」

このとき、「雪耶《ゆきや》」と呼《よ》ぶ声があった。見れば、屋敷《やしき》の渡《わた》り廊下《ろうか》に父が立っていた。

「こちらにまいれ。五老《ごろう》の方々がそなたをお呼《よ》びじゃ」

「ほら、父上がお呼《よ》びよ。早く行ってらっしゃいな」

綺晶《きしょう》のほほえみに後押《あとお》しされ、雪耶《ゆきや》はしぶしぶ父のもとに向かった。

そうして屋敷《やしき》の奥座敷《おくざしき》に入ったところ、そこには五人の長老《ちょうろう》たちがならんでいた。

「なるほど。これが王妖狐《おうようこ》の若君《わかぎみ》か。うわさどおりの美しさよ」

「それに、これはまた妖気《ようき》も強い」

「決まりですな」

「決まりじゃな」

口をはさむ隙《すき》も与《あた》えられず、雪耶《ゆきや》は封《ふう》じ舞《まい》の一の舞手《まいて》にされてしまった。こめかみをひくひくさせながらも、雪耶《ゆきや》は「精一杯務《せいいっぱいつと》めさせていただきます」と、頭をさげた。

そのあと、思いきって口を開いた。

「失礼《しつれい》ながら、二の舞手《まいて》はどなたにお決まりですか？」

「それがのう、まだ決まっておらんのじゃ」

「それならば、ぜひ我《わ》が姉を……」

「いや、雪耶《ゆきや》。それはならぬ」

すぐさま父がさえぎってきた。

「この役目は綺晶《きしょう》には荷が重い。それに、すでに候補《こうほ》はあがっているそうだ。その者でなければ、雪耶《ゆきや》、そなたと釣《つ》りあいが取れぬらしい」

「そこまでわかっているのに、まだ決まっていないとは、なぜでございますか？」

「……その者が役目を引きうけてくれぬそうだ」

「なっ！」

雪耶《ゆきや》は言葉を失《うしな》った。封《ふう》じ舞《まい》の舞手《まいて》を断《ことわ》る者がいるなど、それこそ想像《そうぞう》もしていなかった。この自分でさえ、引きうけたというのに。

目を丸くしている雪耶《ゆきや》に、五老《ごろう》たちは言った。

「若君《わかぎみ》、その者を説得《せっとく》してもらえぬか」

「さよう。自分と共《とも》に舞《ま》おうと、ぜひとも誘《さそ》っていただきたい」

「どのような手を使ってでも、あやつめをくどきおとしてくだされ！」

こうして雪耶《ゆきや》は、面倒《めんどう》な役目を二つも押《お》しつけられてしまったのだ。

3

次の日、雪耶《ゆきや》は一人、風鳴山《かぜなりやま》の頂上《ちょうじょう》に降《お》りたった。

風鳴山《かぜなりやま》はけわしい山だった。はげしい風が渦《うず》まいているため、草木も育たぬという。

陰気《いんき》できびしいこの山に、件《くだん》のあやかしはいるという。

ちっと、雪耶《ゆきや》は舌打《したう》ちした。

「封《ふう》じ舞《まい》の役目を断《ことわ》るとは、なんという不届《ふとど》き者《もの》か」

このあやかしは、親兄弟を持たず、自然《しぜん》の気から偶然《ぐうぜん》生みだされたものだという。そのせいか、自分以外《いがい》のだれかのために力をつくすということがわからぬという。だが、強い力を持っているのであれば、弱い者をかばうべきではないか。

とにかく、いらいらする。とっとと相手を説得《せっとく》して、姉のいる屋敷《やしき》にもどろう。

いざとなったら腕《うで》ずくで説得《せっとく》してやろうなどと考えながら、雪耶《ゆきや》は呼《よ》びかけた。

「白嵐殿《びゃくらんどの》」

うなっていた強風が、一瞬止《いっしゅんや》んだ。と、一人の若者《わかもの》がすがたを現《あらわ》した。

ほっそりとした、抜《ぬ》けるように色白の若者《わかもの》だった。薄墨《うすずみ》色の単衣《ひとえ》をまとい、深紅《しんく》の髪《かみ》は荒々《あらあら》しく乱《みだ》れているが、それがまた艶《なま》めかしい。

そして、その顔。一瞬《いっしゅん》だが、雪耶《ゆきや》は感心した。自分や姉と同じくらい美しい顔を、初《はじ》めて見たからだ。

人でいうなら十七か十八ほどの年ごろで、鼻筋《はなすじ》は細く高く、口元はきゅっと結《むす》ばれている。にもかかわらず、どこか色気がある。雪耶《ゆきや》のととのった美しさとは一味ちがう、抑《おさ》えきれぬ艶《つや》やかさがかもしだされている顔だった。だが、表情《ひょうじょう》がまったくないところが気になった。

それに、その目だ。

若者《わかもの》の瞳《ひとみ》は、世にも不思議《ふしぎ》な銀色をしていた。だが、その目は雪耶《ゆきや》を見ようとせず、視線《しせん》は横にずらされている。

そのまま若者《わかもの》は口を開いた。

「だれだ?」

生気のない声だった。この世のすべてがどうでもいいという、投げやりな響《ひび》きがある。

しかし、雪耶《ゆきや》はひるみはしなかった。堂々《どうどう》と名乗った。

「わたしは王妖狐《おうようこ》の雪耶《ゆきや》。おぬしが白嵐殿《びゃくらんどの》だな？　面倒《めんどう》なことはきらいなので、はっきり言う。わたしと共《とも》に、封《ふう》じ舞《まい》を舞《ま》ってほしい」

「断《ことわ》る」

にべもなく白嵐《びゃくらん》は言った。

「五老《ごろう》という者らにも断《ことわ》った。わたしも面倒《めんどう》なことはきらいだ」

「……封《ふう》じ舞《まい》をせねばどうなるか、それを知っているのか？」

「聞いた。わたしには関係《かんけい》ないことだ」

そっけなく言う白嵐《びゃくらん》に、雪耶《ゆきや》は怒《いか》りをおぼえた。同時に本当にやっかいだとも思った。残念《ざんねん》なことに、白嵐《びゃくらん》が強いあやかしであるのはまちがいない。こうして目の前にいるだけで、その妖力《ようりき》をひしひしと感じる。自分と同等、あるいはほんの少し上かもしれない。もう少し弱ければ、力ずくで言うことを聞かせられたものを。

だが、このまま引き下がるわけにもいかない。

「では勝負しよう、白嵐殿《びゃくらんどの》。どんな勝負でもかまわぬ。おぬしの好《す》きなもので相手になってやる」

「……そして、おまえが勝ったら、言うことを聞けと？」

「そうだ。そのかわり、おぬしが勝てば、おぬしの願《ねが》いを聞いてやる。どうだ？」

「……おまえは……変《へん》なやつだ」

少しだけ白嵐《びゃくらん》の気配が変《か》わった。こちらに興味《きょうみ》を持ったのが、雪耶《ゆきや》にもわかった。

「では、やるのだな？」

「……やる」

「では、なんの勝負にする？」

「なんでもいい。おまえが言いだしたのだから、おまえが決めろ」

「……おぬし、さては相当な面倒《めんどう》くさがりだな。そういうのは損《そん》をするぞ」

文句《もんく》を言いながらも、さて、どうするかと、雪耶《ゆきや》は悩《なや》んだ。

荒《あら》っぽいものはだめだ。自分たちが本気でぶつかりあえば、おそらく山一つ、軽くふっ飛《と》んでしまうだろう。かと言って、遊びや芸事《げいごと》などは、白嵐《びゃくらん》はやったことがないはず。雪《ゆき》耶《や》にとって有利になるが、卑怯《ひきょう》なまねはしたくなかった。

と、ふいに雪がひとひら、鼻先に落ちてきた。雪耶《ゆきや》ははっと思いついた。

「雪遊びはどうだ？　雪で好《す》きなものをこしらえるのだ。そうだな。自分が一番美しいと思うものを作って、どちらがよい出来かを競《きそ》う。これならば公平だろう？」

「……いいだろう。わたしが勝ったら、言うことを聞いてもらうぞ」

「むろんのこと。わたしが勝ったら、封《ふう》じ舞《まい》に出てもらうからな」

「ああ、約束《やくそく》する」

「それではじめよう」

雪耶《ゆきや》は降《ふ》り積《つ》もった新雪に手をかざし、力をはなった。たちまち雪がうごめきだした。雪耶《ゆきや》の思いえがくとおりに、みるみる形を作っていく。ほとんど三呼吸《こきゅう》もせぬうちに、それはできあがった。

「できたぞ」

丸めた雪玉をかかえ、白嵐《びゃくらん》がこちらにやってきて、雪耶《ゆきや》のとなりに立った。その目がおどろいたように見ひらかれた。

「これは……だれだ？」

「わたしの姉だ。わたしはこの世で一番美しいのは、姉上だと思っているからな」

そう。作ったのは、綺晶《きしょう》の像《ぞう》だった。本物の姉とそっくりの雪の像《ぞう》。かわいらしげに首をかしげたしぐさも、あでやかにほほえむ唇《くちびる》も、いまにも動きださんばかりだ。

白嵐《びゃくらん》はしばらく像《ぞう》に見いっていたが、やがてうなずいた。

「たしかに……美しいな」

「そうであろう。……それで？　おぬしはできたのか？」

「ああ。これだ」

白嵐《びゃくらん》は丸めた雪玉を差《さ》しだしてきた。

雪耶《ゆきや》は穴《あな》が開くほどそれを見つめたが、なんであるかはどうしてもわからなかった。

「……なんだ、これは？」

「月だ。月のつもりで作ったのだが……やはり雪でこしらえるのはむずかしいな」

「そんなもの、雪で作ろうと思うほうがおかしいぞ。……おぬし、月が好《す》きなのか？」

「ああ。夜空で光っているのを見ると、きれいだなと思う。それに……うらやましいとも思う。暗闇《くらやみ》で一人でかがやいていられることが……わたしは、月にはなれなかったから」

つぶやくように言ったあと、白嵐《びゃくらん》は雪耶《ゆきや》に向きなおった。目を合わせぬまま言った。

「どうやらこの勝負はわたしの負けだな」

「……これで自分の勝ちだとほざこうものなら、図々しいにもほどがあるぞ」

「おまえ、かなり口が悪いな」

「おぬしに言われたくはない」

「………」

白嵐《びゃくらん》は少しだまったあと、ゆっくりうなずいた。

「……わかった。わたしの負けだ。おまえの言うことを聞こう」

「では、封《ふう》じ舞《まい》に出るのだな？　よし。では、さっそく舞《まい》の稽古《けいこ》をするぞ」

「面倒《めんどう》だな」

「封《ふう》じ舞《まい》の夜まで日がないのだ！　今日《きょう》からとて遅《おそ》すぎるくらいなのだぞ！」

がみがみどなりつけながら、雪耶《ゆきや》は少し不思議《ふしぎ》だった。

自分は決して他者が好《す》きではない。だが、この白嵐《びゃくらん》に対しては、好《す》きではないというのとはまたちがう感情《かんじょう》をおぼえる。

それが、〝対等な相手〟に対する興味《きょうみ》と好奇心《こうきしん》であると気づいたのは、しばらくたってからのことだった。

4

それから毎日、雪耶《ゆきや》は白嵐《びゃくらん》と会い、舞《まい》の稽古《けいこ》をした。

白嵐《びゃくらん》ののみこみは早かった。あまりの早さに、師匠《ししょう》である雪耶《ゆきや》があせったほどだ。

同時に、自分をこれほどあせらせる相手ができたことが新鮮《しんせん》だった。

認《みと》めるのはくやしいが、楽しかった。競《きそ》いあうよろこびは、姉には感じたことのないものだ。

白嵐《びゃくらん》も同じように感じているらしく、少しずつ打ちとけてきた。目を合わせることはないが、それなりによくしゃべるようになり、表情《ひょうじょう》もやわらかくなってきた。

出会ってから十日目、いつもよりも早く雪耶《ゆきや》は刀をおろして言った。

「今日《きょう》はここまでにしよう」

「では……もう、帰るのか?」

「帰るが、それがどうかしたか？」

「いや。……もう少し、話をしていけばいいのにと思っただけだ。今日《きょう》は……いつもより
も早い時刻《じこく》だから」

白嵐《びゃくらん》の歯切れの悪い物言いに、雪耶《ゆきや》はおかしくなった。

「もしかして、さびしくなったのか？」

雪耶《ゆきや》のからかいに対し、白嵐《びゃくらん》は真顔でうなずいた。

「さびしい。自分でも意外だが、おまえのことが気に入っているらしい」

「……」

「もう帰ってしまうかと思うと、胸《むね》が寒々しい感じがする。おかしなことだが」

雪耶《ゆきや》は天をあおいだ。まったく素直《すなお》と言うか、あけすけと言うか。

「おぬしなぁ……もう少しかわいげに言えばいいものを。さびしいから、もう少しいてほ
しいとか、もっと言いようがあるだろう？」

「そういうふうに言えば、ここに残《のこ》ってくれるのか？」

真剣《しんけん》な白嵐《びゃくらん》に、雪耶《ゆきや》は初《はじ》めて笑《わら》った。

「ああ。わたしもおぬしのことが気に入ったらしい。おぬしとなら退屈《たいくつ》せずにいられそう

だ」

　そう言葉を返した。

　友となった白嵐《びゃくらん》に、雪耶《ゆきや》はそれからも毎日会った。舞《まい》の稽古《けいこ》をし、それが終わったあとは、腰《こし》をおろし、雪や雲をながめながら話をする。

　ある日、太刀《たち》の手入れをしながら、雪耶《ゆきや》はとなりに座《すわ》る白嵐《びゃくらん》にふとたずねた。

「初《はじ》めて会った日、勝負をしたことをおぼえているか？」

「正確《せいかく》には、おまえが勝負を挑《いど》んできた、だな」

「いちいち細かく言いなおすな。それで、わたしが勝ったわけだが……もしもおまえが勝っていたら、いったいなにを望《のぞ》むつもりだったのだ？　よければ教えてくれ」

　雪耶《ゆきや》の問いに、白嵐《びゃくらん》は肩《かた》をすくめた。

「わたしの、目を取ってくれと頼《たの》むつもりだった」

「目を？　なぜそのような……」

「災《わざわ》いを呼《よ》ぶからだ。これは……相手の魂《たましい》を食らう邪眼《じゃがん》なのだ」

　吐《は》きすてるように白嵐《びゃくらん》はそう言った。

「わたしがだれかと目を合わせる。目と目が合う。すると、もうだめだ。相手は……わたしに夢中《むちゅう》になってしまう。夫《おっと》や妻《つま》や親や子のことも忘《わす》れて、それこそなりふりかまわずわたしにしがみついてくるのだ。申《もう》し訳《わけ》ないと思っても、どうにもならない。自分の目の力を、どうしても抑《おさ》えることができないのだ」

「……だからなのか？　おぬしがわたしと目を合わせようとしないのは？」

「そうだ。せっかくできた友を失《うしな》いたくないからな」

「いくらなんでも……このわたしがおぬしに囚《とら》われるはずがなかろうが」

「そうかもしれない。おまえは強いからな。だが、危険《きけん》は冒《おか》したくない。頼《たの》む。頼《たの》むから、これからもわたしの目を見ようとはしないでくれ。この目は……本当に危険《きけん》なのだ」

泣《な》きだしそうな声のまま、白嵐《びゃくらん》はゆっくりと自分のことを話しはじめた。

この世に生まれたとき、彼《かれ》は一人だった。目の前には、闇《やみ》があるばかり。なにをしたらいいのか、どこに行ったらいいのか、なにもわからなくて途方《とほう》に暮《く》れていた。

どれほど立ちつくしていただろう。うしろから声をかけられた。

「どうしたんだい、ぼうや？　こんなとこでたった一人で」

ふりかえると、女のあやかしがいた。蛙《かえる》そっくりの、だがいかにも気のよさそうな顔をしたその女妖《じょよう》は、彼《かれ》を見て目をみはった。

「おんや、きれいな子だこと。だいじょうぶかい？　なにか、困《こま》り事《ごと》かい？」

やさしい声と言葉に、彼《かれ》はうれしくなった。だれかに会えて、ほっとした。だから、女《じょ》妖《よう》の目をまっすぐ見て、にこっと笑《わら》ったのだ。

そのとたん、女妖《じょよう》の雰囲気《ふんいき》が変《か》わった。はっと息をのんだあと、めらめらと目に熱《あつ》い焔《ほのお》が燃《も》えあがったようだった。

女妖《じょよう》は先ほどとはちがう、ねっとりとした口調としぐさで、彼《かれ》に近づいてきた。

「行くところがないなら、あたしのところへおいで。ね？　ね？　いいだろう？」

彼《かれ》は女妖《じょよう》についていくことにした。

女妖《じょよう》は、葦音《あしね》という名だった。葦音《あしね》は彼《かれ》を沼地《ぬまち》にあるひなびた住まいへ連《つ》れていき、なにくれとなく世話を焼《や》いてくれた。名無《なな》しでは不便《ふべん》だろうと、「小月《しょうげつ》」という名もくれた。

「おまえを見つけたときね、まるでお月さまのようだと思ったんだよ。だからね、おまえはあたしのお月さまなんだ。暗闇《くらやみ》を照《て》らしてくれる、小さなかわいい光なんだよ」

まるで母のように、葦音《あしね》は小月《しょうげつ》を抱《だ》きしめ、かわいがってくれた。だが、それは長くはつづかなかった。だんだん葦音《あしね》のようすがおかしくなってきたのだ。

まず、外に遊びに行きたがる小月《しょうげつ》を引きとめるようになった。

「おまえはこんなにもきれいなんだもの。悪いあやかしが、おまえをさらっていってしまうかも。それに……外のほうがおもしろいと思ったら、おまえはもう帰ってこないだろう？　それがこわくてたまらないんだ。行かないでおくれ。あたしのそばにいておくれ」

そう言って、小月《しょうげつ》を自分のそばからはなさない。いくら小月《しょうげつ》が「自分は葦音《あしね》のことが大好《だい》きだ、よそになんぞ行かない」と、言っても、葦音《あしね》の心には届《とど》かないようすだった。

葦音《あしね》のおかしな行動はつづき、今度は物をあまり食べなくなった。

心配する小月《しょうげつ》を、葦音《あしね》はじっと見かえしてきた。卑屈《ひくつ》な光が、大きな目に宿っていた。

「あたしはもう、このまま消えちまったほうがいいのさ。おまえとは釣《つ》りあわない。ああ、そんなことわかっていたんだよ。あたしは醜《みにく》くて年よりで、おまえは若《わか》くて、本当にきれいなんだもの。……苦しいよ。苦しいんだよ」

そう嘆《なげ》くかと思えば、いきなり食ってかかってくることもあった。

「本当は行ってしまいたいんだろう？　こんな年よりガマなんざ放って、もっときれいなあやかしのところに行きたいんだろう？　わかってるんだよ！　裏切《うらぎ》り者《もの》！　さんざん良《よ》くしてやったのに、あたしを見捨《みす》てていくんだね！　ひどい！　ひどいひどい！」

泣《な》きわめきながらつかみかかってくる葦音《あしね》に、小月《しょうげつ》はとまどうばかりだった。

そして、その夜がやってきた。

葦音《あしね》に食べさせたいと、小月《しょうげつ》は沼《ぬま》でどじょうをとっていた。と、ゆらりと、葦音《あしね》が住まいから出てきた。すっかりやせ細り、たるんで落ちた肉が、だぶだぶとゆれている。その手に光るものがにぎられていることに、小月《しょうげつ》は気づいた。

毒蛇《どくへび》の牙《きば》で作られた短刀だった。ねとねとと、黒い汁《しる》が先端《せんたん》からしたたっている。

立ちすくむ小月《しょうげつ》を、葦音《あしね》はおそろしい目でにらみつけた。

「おまえは……お月さまじゃなかったんだね。おまえは嵐《あらし》だ。白い嵐《あらし》だよ。あたしの心をかき乱《みだ》して、たぶらかして……やっとわかったよ。おまえの目を見たときから、あたしはあたしじゃなくなっちまったんだ。だから、ごめんよ。もうこれしか……」

そう言いながら、葦音《あしね》は短刀をふりあげて切りつけてきた。自分は死ぬのだと、小月《しょうげつ》は思った。同時に、死にたくないとも思った。

大好《だいす》きな相手に、殺《ころ》されたくない。自分ががまんして待っていれば、葦音《あしね》は前のようにやさしいあやかしにもどるかもしれない。だから、死にたくない。

その想《おも》いが、小月《しょうげつ》の中に眠《ねむ》っていた力を解《と》きはなったのだ。

その一瞬《いっしゅん》のことは、よくおぼえていない。ただ、火のように熱《あつ》く、氷のように冷《つめ》たいものが、体の中ではじけ、突風《とっぷう》のように外に飛《と》びだしていくのを感じた。

我《われ》に返ったとき、おさなかった自分がすっかり成人《せいじん》の体を手に入れていることにおどろいた。

のびやかで力強い手足。すっくとのびた体。なにより全身にみなぎる力。

これまでにないものを手に入れたことを知り、小月《しょうげつ》はうれしくなった。これで変《へん》になった葦音《あしね》を救《すく》える。そう思ったのだ。

だが、ふりかえったとたん、そのよろこびははかなく散《ち》った。

葦音《あしね》は地面に転がっていた。その体は真っ二つに引きさかれていた。

自分がやったのだとわかったとき、小月《しょうげつ》は死んだ。小月《しょうげつ》だった心が死んだのだ。

とてもその場にいられず、逃《に》げるように沼地《ぬまち》を飛《と》びだした。

それからはあてどなく各地を歩いた。どんな場所にも長くはいられなかった。彼《かれ》がだれかに出会い、その目をのぞきこむと、葦音《あしね》のときとまったく同じことが起きてしまうからだ。

だれもが彼《かれ》に夢中《むちゅう》になった。彼《かれ》をめぐって、醜《みにく》い争《あらそ》いや殺《ころ》しあいが起きることもめずらしくなかった。

白嵐《びゃくらん》。

いつのまにかそういう名がついていた。

慕《した》われ、憎《にく》まれ、追われ、殺《ころ》されかけ……。

逃《に》げまわるうちに、白嵐《びゃくらん》はすっかりこの世というものに嫌気《いやけ》がさしてしまった。どいつもこいつも、勝手なことをわめいて、自分を捕《とら》えようとするか、あるいは傷《きず》つけようとする。もういっさい、どんなあやかしとも関《かか》わりあいを持ちたくない。

ちょうどだれも棲《す》んでいなかった風鳴山《かぜなりやま》を、白嵐《びゃくらん》は住まいと定めた。このままこの山を出ることなく、寿命《じゅみょう》がつきるまで、孤独《こどく》に生きよう。そう覚悟《かくご》を決めたのだ。

だが、ある日、一人のあやかしがやってきた。

自分と同じくらい力のある、月のようにきれいなあやかしが……。

声を失《うしな》っている雪耶《ゆきや》の前で、白嵐《びゃくらん》は悲しげに笑《わら》った。

「おまえを見たときは、本当に月の化身《けしん》だと思った。……葦音《あしね》が出会ったのがおまえだったのだろうな」

「……すまない。いやな過去《かこ》を思いださせてしまったな」

「いいんだ。……だが、わかってくれ。目を合わせるのだけはかんべんしてほしいのだ。おまえが強いのはわかっているが、やはり……おまえまで失《うしな》いたくない」

ひびわれた声に、雪耶《ゆきや》は白嵐《びゃくらん》の傷《きず》の深さを感じた。この男は、何度も何度も傷《きず》つき、魂《たましい》がこわれるような想《おも》いを味わってきたのだ。そう思うと、胸《むね》が苦しかった。

だから、雪耶《ゆきや》はおごそかに言った。

「わかった。わたしからおぬしの目をのぞきこむことは決してしない。約束《やくそく》する」

「……ありがとう」

ほっとしたように白嵐《びゃくらん》は笑《わら》った。

5

雪耶《ゆきや》と白嵐《びゃくらん》の絆《きずな》は日々強まっていった。

過去《かこ》を打ちあけたことで、気が楽になったのだろう。白嵐《びゃくらん》はより打ちとけ、雪耶《ゆきや》が訪《おとず》れるたびに、笑《え》みをうかべるようになった。逆《ぎゃく》に、帰るときにはさびしそうにする。

そんな友が、雪耶《ゆきや》はとても愛《いと》しかった。

自分をもっと頼《たよ》ってもらいたい。あまえたいのなら、いくらでもあまえさせてやりたい。つらい目にあってきた白嵐《びゃくらん》を、少しでも癒《いや》してやりたかった。

そんな雪耶《ゆきや》に陰口《かげぐち》を叩《たた》くものもいた。

王妖狐《おうようこ》の若君《わかぎみ》が、必要《ひつよう》以上《いじょう》に白い魔物《まもの》と仲良《なかよ》くしている。なんと情《なさ》けないことだ。

そんな言葉が耳に入るたびに、雪耶《ゆきや》は怒《いか》りを感じた。自分のことではなく、白嵐《びゃくらん》を悪く言われるのがくやしかったのだ。

だが、すべてのあやかしが敵《てき》というわけではなかった。

ある日のことだ。雪耶《ゆきや》たちが熱心《ねっしん》に稽古《けいこ》をしていると、ふいに涼《すず》やかな声が降《ふ》ってきた。

「ほほう。世にも美しき男子《おのこ》が、二人もならぶとは。いい景色《けしき》じゃなぁ」

見上げると、大岩の上に少女が立っていた。

純白《じゅんぱく》の髪《かみ》を風になびかせ、金の瞳《ひとみ》をかがやかせながらこちらを見下ろす少女。松葉《まつば》色の着物には、金と銀で龍《りゅう》の刺繡《ししゅう》がほどこされ、白い帯《おび》には真紅《しんく》の焔模様《ほのおもよう》という大胆《だいたん》さだ。そんな迫力《はくりょく》のある衣《ころも》も、その少女がまとうと、少しもおかしくない。

大人びた気品と余裕《よゆう》をうかべ、少女は笑《わら》った。

「見事じゃな、雪耶殿《ゆきやどの》。それに白嵐殿《びゃくらんどの》も。これは封《ふう》じ舞《まい》の夜が待ち遠しいぞえ」

「……だれだ、おまえは？」

白嵐《びゃくらん》は不思議《ふしぎ》そうに首をかしげた。

一方、少女の正体を知っている雪耶《ゆきや》は苦笑《くしょう》した。

「盗《ぬす》み見《み》とは感心できぬな、王蜜《おうみつ》の君《きみ》。どうしてここへ？」

「むろん、二人のすがたを見るためじゃ。わらわは美しいものが好《す》きでな」

妖猫族《ようびょう》の姫《ひめ》、王蜜《おうみつ》の君《きみ》は軽《かろ》やかに二人のもとに降《お》りてきた。まずは雪耶《ゆきや》に向きあう。

「このごろたいそう騒《さわ》がしいぞえ、雪耶殿《ゆきやどの》。おぬしがこれなる白嵐殿《びゃくらんどの》に縛《しば》られておると
な」
「おのれ。まだそんなことをほざくやつがいるか。どこのだれだか、教えていただこう」
「叩《たた》きのめすつもりかえ？　やめておくことじゃ。そんなこと、なんの役にも立たぬ。陰《かげ》
口《ぐち》悪口など、虫のようにわいてくるものよ。こたびは嫉妬《しっと》がからんでいるゆえ、なおさら
やめさせるのは無理《むり》じゃ」
「嫉妬《しっと》？」
わけがわからんと、雪耶《ゆきや》と白嵐《びゃくらん》は顔を見合わせた。むろん、白嵐《びゃくらん》は目を伏《ふ》せていたが。
そんな二人に、王蜜《おうみつ》の君《きみ》はおかしげに笑《わら》った。
「わからぬのかえ？　二人とも、鈍《にぶ》いのぅ。よいかえ？　二人はそれぞれに美しい殿御《とのご》じ
ゃ。これまでにどれほどのあやかしが、近づきたいと焦《こ》がれてきたことか。なのに、二人
とも、彼《かれ》らのことなど気にも留《と》めておらなんだ。そうであろう？」
「……………」
「あげくに、二人で結託《けったく》してしまった。こうなってはもう、だれも近づけぬ。おぬしらの
はなつ気は、それほどにかがやかしいのじゃ。じつのところ、わらわですら目がくらみそ

うじゃ」

だからこそ、他の者たちは妬《ねた》む。自分が、そのかがやきの中に入れなかったことを恨《うら》むのだ。

「では、陰口《かげぐち》は止《や》まぬと?」

「うむ。かがやきあるところに、闇《やみ》はより深くよどむものよ。いちいち気にしてもしかたない。……おぬしら、いまは幸せなのであろう? 楽しいのであろう?」

雪耶《ゆきや》も白嵐《びゃくらん》も、間髪《かんはつ》をいれずうなずいた。

「白嵐《びゃくらん》と出会えて、毎日のたわいもないことがとても楽しくなった」

「それはわたしの言葉だ。雪耶《ゆきや》と出会う前は、すべてが灰色《はい》に見えたが、いまはいろいろとかがやいて見える。……こんなわたしと友になってくれて、心からありがたいと思っている」

「これこれ、わらわの前でのろけてくれるな。ま、とにかくそういうことじゃ。おぬしらが幸せであれば、それでよいではないか。まわりの耳ざわりな声など気にするでない」

白嵐《びゃくらん》は感嘆《かんたん》したように王蜜《おうみつ》の君《きみ》を見た。

「なかなか気風《きっぷ》のいい姫《ひめ》だな……気に入った」

「ふふふ。光栄《こうえい》じゃな。ところで、雪耶殿《ゆきやどの》」

王蜜《おうみつ》の君《きみ》はふいに雪耶《ゆきや》をふりむいた。

「いつになったら、そなたの姉君にわらわを会わせてくれるのじゃ？」

「そんな機会《きかい》は決してないと思われよ。大事な姉を、あなたのような危険《きけん》な姫《ひめ》に会わせられるわけがない」

「またつれないことを。失敬《しっけい》ではないか。……まあ、よい。今日《きょう》はこれにて失礼《しつれい》する。おぬしらはなかなかにおもしろそうじゃ。また会いにくるゆえ、これからもわらわと仲良《なかよ》うしておくれ」

邪魔《じゃま》したなという一言を残《のこ》して、さっと王蜜《おうみつ》の君《きみ》は消えさった。

白嵐《びゃくらん》が雪耶《ゆきや》を見た。

「危険《きけん》な姫《ひめ》、なのか？　たしかにかなりやっかいそうな相手のようだが……」

「なにしろ猫《ねこ》の姫《ひめ》だからな。しかも、気に入った魂《たましい》を抜《ぬ》きとって、手元に置《お》きたがるという悪い癖《くせ》があるのだ。だから絶対《ぜったい》に姉上に会わせるわけにはいかぬ」

「なるほど」

ここで、雪耶《ゆきや》はふいに大きく息を吸《す》いこんだ。

「白嵐《びゃくらん》」

「なんだ?」

「わたしはな、おぬしにも姉上を会わせるつもりはないのだ。おぬしも大事だが、わたしにとってもっともかけがえのないのは姉上だ。万に一つもないとは思うが、おぬしの邪眼《じゃがん》で心を乱《みだ》す姉上など見たくはない。ひどいことを言っているとわかっているが、これだけはゆずれぬのだ」

それでいいと、白嵐《びゃくらん》は怒《おこ》りもせずにうなずいた。

「むしろ、そのほうがいいと思う。わたしも、おまえの姉上に会って……まちがいが起こってしまってはいやだ。あんな想《おも》いをするのはもうたくさんだ」

「すまぬ」

「かまわない。わたしにはおまえという友ができた。それで十分だ。さ、稽古《けいこ》をつづけよう。この封《ふう》じ舞《まい》、わたしとしても成功《せいこう》させたくなってきた」

「うむ。わたしもだ」

二人はふたたび舞《ま》いはじめた。

その年の封《ふう》じ舞《まい》は、のちのちまで語りつがれるものになった。

一の舞手《まいて》は、するどさと華《はな》やぎを持ち合わせた雪耶《ゆきや》。深紅《しんく》の衣《ころも》に身を包《つつ》み、ぬばたま色の髪《かみ》を金と翡翠《ひすい》の珠《たま》で飾《かざ》ったすがたは、若神《わかがみ》もかくやと思わせる凜々《りり》しさであった。舞《まい》も苛烈《かれつ》なものだった。黄金造《づく》りの太刀《たち》を自由自在《じゆうじざい》にふるい、次々と闇《やみ》の波をなぎはらう。身をひるがえすたびに、三本の尾《お》もまた刃《やいば》のように空気を切りさいていく。

その雪耶《ゆきや》の背後《はいご》を守る白嵐《びゃくらん》は、純白《じゅんぱく》の衣《ころも》を身につけ、紅《あか》い髪《かみ》には真珠《しんじゅ》と黒玉《こくぎょく》の髪飾《かみかざ》り。白薄絹《うすぎぬ》の布《ぬの》で目隠《めかく》しをしてはいたが、不自由《ふじゆう》さなどまったく感じさせない身のこなしだ。黄金造《づく》りの太刀《たち》をひらめかせ、いとも優美《ゆうび》に闇《やみ》を払《はら》いのけていく。

ぴったりと舞《ま》う二人は、まさしく一心同体のようであったと、あやかしたちはため息をつきながら語りあった。

そう。無事《ぶじ》に封《ふう》じ舞《まい》は終わったのだ。本来ならば、それですむはずだった。

だが、同じ夜、同じ場で、雪耶《ゆきや》と白嵐《びゃくらん》の運命を大きく変《か》える出来事が起きていた。

雪耶《ゆきや》の姉、綺晶《きしょう》が恋《こい》に落ちたのだ……。

6

「な、んです、と……?」

真っ青になってかたまっている雪耶《ゆきや》に、綺晶《きしょう》はもう一度口を開いた。

「だからね、わたくし、今度お嫁《よめ》に行くのよ。相手の方を見たとき、一目でこの方だとわかったの。この方しかいないと。封《ふう》じ舞《まい》の夜にお会いしたのよ」

「……あの夜、ですか」

あの夜からふた月がたっていた。役目を無事果《ぶじは》たしてからも、雪耶《ゆきや》は毎日のように白嵐《びゃくらん》に会いに行き、二人でいろいろなことを話したり、あちこちに遊びに行ったりした。ときには、王蜜《おうみつ》の君《きみ》も仲間《なかま》に加《くわ》わり、楽しく過《す》ごしていたのだ。

そして、雪耶《ゆきや》が出かけている間、綺晶《きしょう》は綺晶《きしょう》で、こっそり相手の男と会っていたらしい。

「わ、わたしに隠《かく》し事《ごと》をなさったのか!」

「だって、あなた、わたくしに恋人《こいびと》ができたと聞いたら、怒《おこ》るでしょう？　大事な方になにをされるかわからないのだもの。隠《かく》すのは当然《とうぜん》のことでしょう。まあ、だまって聞いて。とにかく、とてもすてきな方なの。本当にやさしくて。会えば会うほど、大切で愛《いと》しく思えてくる。このような気持ちになれたことが、自分でも信《しん》じられないわ。あら、やだ。あの方の名をまだ言っていなかったわね。幽印《ゆういん》族の琉桂《りゅうけい》さまとおっしゃるのよ」

目をきらめかせて語る姉から、雪耶《ゆきや》は目を背《そむ》けた。こんな姉は見たくない。これ以上《いじょう》、恋人《こいびと》の話など聞きたくない。

だが、綺晶《きしょう》は言葉をつづけていく。

「わたくし、がんばったのよ。言葉を尽《つ》くしたり、すねたり、怒《おこ》ったりして。そしてやっと、あの方の妻《つま》になる約束《やくそく》を勝ちとったの」

「あ、姉上から申しこまれたと、おっしゃるのですか！」

「ええ、そうよ。待っていても、決してあの方からの申しこみはないとわかっていたから。

……雪耶《ゆきや》。あの方は重荷をかかえていらっしゃるの」

「重荷？」

「ええ。琉桂《りゅうけい》さまはあまりお体が丈夫《じょうぶ》ではないの。それに、幽印《ゆういん》族の方々は、わたくしたちとはちがう妖気《ようき》をお持ちでしょう？　だから、わたくしと恋《こい》することも、ずっとためわれていたみたい。でも、そんなことにためらってほしくはないの。なにより、わたくしは自分が本当にほしいものをがまんするほど、しとやかではなくってよ」

だからあの方をくどきおとしたのと、綺晶《きしょう》は勝ちほこったように胸《むね》を張《は》った。しぶる相手をくどき、せっつき、あれよあれよと言う間に相手の家とも話をつけてしまったのだという。

この姉にこれほどの行動力があったとは。それとも、それほど夢中《むちゅう》だということか。そこまでして一緒《いっしょ》にいたい相手が、姉にできてしまったということか。

雪耶《ゆきや》が真っ青になっていることに気づき、綺晶《きしょう》は急いで雪耶《ゆきや》の手をにぎった。

「だいじょうぶよ、雪耶《ゆきや》。わたくしはあなたの姉。あなたはわたくしの弟。たとえ、わたくしがどこに嫁《とつ》ごうと、わたくしたちの生まれ持った絆《きずな》は消えない。だから、わかって。わたくしは夫《おっと》となる方を選《えら》んだけれど、それは決して、あなたを切りすてることではないのだと」

綺晶《きしょう》の必死《ひっし》の言葉も、雪耶《ゆきや》の心にはむなしく響《ひび》くばかりだった。

だが、これから許婚《いいなずけ》となったあやかしが来ると聞き、雪耶《ゆきや》は我《われ》に返った。

「来るのですか？　この屋敷《やしき》に？」

「ええ。ごあいさつに来てくださるそうよ。琉桂《りゅうけい》さまにあなたもぜひ会ってちょうだいな」

冗談《じょうだん》ではないと、雪耶《ゆきや》はすさまじい怒《いか》りがわいてきた。

なぜ自分が、姉を盗《ぬす》みだそうとする憎《にく》いやつに会わなければならないのか。

雪耶《ゆきや》は部屋から飛《と》びだし、走りだした。逃《に》げたのだ。

門のところで、向こうからあやかしの一行が来るのが見えた。その横を駆《か》けぬける際《さい》、綺晶《きしょう》の相手らしきあやかしのすがたも見た。

それはとても地味なあやかしだった。物静《ものしず》かな、いかにも穏《おだ》やかそうな色白の顔。ぽってりと太り気味の体。両耳の上にはえた二本の角が美しい翡翠《ひすい》色であること以外《いがい》、ほめられそうなところは見当たらない。妖力《ようりき》も、雪耶《ゆきや》はもちろんのこと、綺晶《きしょう》にもかなり劣《おと》る。

このような情《なさ》けないやつが、よくもまあ、姉上に近づこうなどと思ったものだ。姉上も姉上だ。こんな男のどこがよい！

怒《いか》りながら、雪耶《ゆきや》はたった一人の友のところへ逃《に》げこんだ。

「あんな！　あ、あんな冴《さ》えぬ、やつの、ど、どこがよいのだ！　あんな、あんな……」

白嵐《びゃくらん》の前で、雪耶《ゆきや》はわめきちらした。どんなにわめいても足りぬ気がした。恋《こい》をしている姉はこれまでの数倍も美しく見えた。目は生き生きとかがやき、恋《こい》しい相手のことを語るときの声はまるで琴《こと》の調べのようだった。このままでは姉はどんどん遠ざかり、自分の前から消えてしまいそうだ。

「だめだ……だめなのだ、白嵐《びゃくらん》。姉上はわたしのそばに、いなくては……ああ、白嵐《びゃくらん》」

「なんだ?」

「わたしは……決めた。決めたぞ。姉上には恨《うら》まれるかもしれないが……やはりこのままにはしておけない。絶対《ぜったい》に。絶対《ぜったい》にだ!」

心を決めた雪耶《ゆきや》の目の奥《おく》には、はげしい想《おも》いが渦《うず》まいていた。

それを見て、白嵐《びゃくらん》もまた、あることを決意したのだ。

雪耶《ゆきや》が屋敷《やしき》にもどったのは、深夜だった。綺晶《きしょう》の許婚《いいなずけ》はとっくに帰ってしまっており、父が雪耶《ゆきや》を待ちかまえていた。

父は激怒《げきど》していた。姉の許婚《いいなずけ》を出むかえず、屋敷《やしき》から勝手に飛《と》びだしていってしまった雪耶《ゆきや》を、無礼《ぶれい》であるときびしくしかった。

雪耶《ゆきや》は言いかえした。

「あのような男、姉上にはふさわしくありません。父上もごらんになったでしょう？　あの貧相《ひんそう》な顔、弱々しい妖気《ようき》。あんな者と王妖狐《おうようこ》の姫《ひめ》が結婚《けっこん》するなど、恥《はじ》さらしだ」

「ばかものが！　おのれの姉が選《えら》んだ相手を、よくもまあ、そこまで悪《あ》しざまに言えたものよ！　座敷牢《ざしきろう》にて、しばし頭を冷《ひ》やしておれ！」

雪耶《ゆきや》はそのまま座敷牢《ざしきろう》に放りこまれてしまった。

その気になれば、牢《ろう》を破《やぶ》ることもできたが、雪耶《ゆきや》はそうしなかった。

婚礼《こんれい》の朝には出してやろうと、父は言っていた。その朝を楽しみに待てばいい。あせらず、いまはとにかく力を温存《おんぞん》しておかなくては。

暗い笑《え》みをうかべながら、雪耶《ゆきや》は壁《かべ》に背《せ》を預《あず》け、目を閉《と》じた。来《きた》るべきときに備《そな》え、体を休めておかなくてはならないのだ。

しかし、眠《ねむ》りはいきなり破《やぶ》られた。さけび声が聞こえてきたのだ。

「曲者《くせもの》！　曲者《くせもの》だぁ！」

「姫《ひめ》さまのお部屋に！　だ、だれか！」

雪耶《ゆきや》は跳《は》ねおきた。

姉の部屋に曲者《くせもの》が入ったというのか。

雪耶《ゆきや》は牢《ろう》の壁《かべ》に手をかざし、ありったけの力をはなった。

はげしい衝撃《しょうげき》と共《とも》に、牢《ろう》の壁《かべ》は粉々《こなごな》に吹《ふ》きとんだ。

こわれた壁《かべ》から、雪耶《ゆきや》は外に飛《と》びだした。かなりの力を使ってしまったが、休んでいるひまなどない。一刻《いっこく》も早く姉を助けに行かなければ。

広い中庭を大急ぎで走り、屋敷《やしき》の角を曲がった。そこで、雪耶《ゆきや》の足は止まった。

空中に、見たこともない大きな獣《けもの》がうかんでいた。

見た目は、鹿《しか》に似《に》ていた。ほっそりとした体に長い首、しなやかな四本の肢《あし》。だが、その全身は真珠《しんじゅ》のようなうろこにおおわれ、淡《あわ》く青白くかがやいている。ひるがえるたてがみと尾《お》は真紅《しんく》。蹄《ひづめ》は黒曜石《こくようせき》のような黒。一つだけある大きな目玉は、月のような銀色だった。

初《はじ》めて目にする魔獣《まじゅう》。だが、雪耶《ゆきや》にはその正体がわかった。わからぬはずがなかった。

見た目がちがっても、その気配はまちがえようがない。

「白嵐《びゃくらん》……」

だが、一歩近づきかけたところで、はっとなった。白銀の魔獣《まじゅう》の背《せ》には綺晶《きしょう》がいたのだ。

目を閉《と》じ、ぐったりと力なく魔獣《まじゅう》の体に身をもたせかけている。

それを見た瞬間《しゅんかん》、雪耶《ゆきや》は吼《ほ》えていた。

「なんのまねだ、白嵐《びゃくらん》！」

「雪耶《ゆきや》。綺晶殿《きしょうどの》はわたしがもらいうける」

「な、なに！」

「いいだろう？　おまえは、あのあやかしに姉はやりたくないと言った。それならば、わたしがもらう。友であるわたしに奪《うば》われるのであれば、おまえの心もそう荒《あ》れはしまい」

「なにを言っているのだ！　ゆ、許《ゆる》さんぞ、そんなことは！」

「どうしてだ？」

不思議《ふしぎ》そうに、白嵐《びゃくらん》は首をかしげた。

「わたしは美しいのだろう？　それに、力は強いぞ。おまえも知っているはずだ。どうだ？　わたしのほうが綺晶殿《きしょうどの》にふさわしいと、おまえも思うだろう？」

「そ、それとこれとは話が別《べつ》だ！　なぜだ！　なぜこんな、ばかげたまねをする？」

泣《な》きださんばかりの声でさけぶ雪耶《ゆきや》に、少しの間、白嵐《びゃくらん》はだまった。

やがて、天空を見上げながら、白銀の魔獣《まじゅう》は小さく口を開いた。

「おまえが教えてくれたからだ。今日《きょう》、言っていただろう？　姉に憎《にく》まれても恨《うら》まれてもかまわない。姉を手元に留《と》め置《お》くために、あのあやしを消しさると」

あのとき、わかったのだと、白嵐《びゃくらん》は言葉をつづけた。

「本当にほしいものは、どんな犠牲《ぎせい》を払《はら》っても手に入れるべきなのだと。わたしは……おまえにきらわれるのがこわくて、ずっと踏《ふ》みだせなかった。だが、今日《きょう》、決心がついた。……さいしょにおまえが

こしらえた雪の像《ぞう》を見たときから、わたしはおまえの姉を手に入れたかったのだ」

雪耶《ゆきや》は言葉が出なかった。

自分のせいなのか？　自分の一言が、友の心をゆがませてしまったというのか？

取りかえしのつかないことをしてしまったという後悔《こうかい》、そして白嵐《びゃくらん》へのはげしい怒《いか》りで、目の前が真っ赤に染《そ》まっていくようだった。

ざわりと、白嵐《びゃくらん》のたてがみが動きだした。蛇《へび》のようにうねり、気を失《うしな》っている綺晶《きしょう》にからみつく。

そのまま綺晶《きしょう》は持ちあげられ、運ばれた。白嵐《びゃくらん》の目の前に、白嵐《びゃくらん》と向きあうような形で。

ここにきて、雪耶《ゆきや》は我《われ》に返った。白嵐《びゃくらん》は邪眼《じゃがん》で姉の心を奪《うば》い、縛《しば》るつもりなのだ。

「白嵐《びゃくらん》！　き、貴様《きさま》！」

「これで綺晶殿《きしょうどの》はわたしのものだ。わたしだけのものだ」

銀の目をまっすぐに綺晶《きしょう》へと向けながら、白嵐《びゃくらん》はたてがみを動かし、綺晶《きしょう》をかすかにゆさぶりだした。綺晶《きしょう》を目覚《めざ》めさせようとしているのだ。もし、目覚《めざ》めた綺晶《きしょう》が、白嵐《びゃくらん》の目を見てしまったら一巻《いっかん》の終わりだ。

雪耶《ゆきや》は夢中《むちゅう》で地を蹴《け》り、白嵐《びゃくらん》に向かって躍《おど》りあがった。

それからあとのことはよくおぼえていない。気がつけば、雪耶《ゆきや》は地面に膝《ひざ》をつき、しっかと綺晶《きしょう》を腕《うで》に抱《だ》きしめていた。

「姉上、姉上！」

「しっかりなさいませ、若君《わかぎみ》！　姫《ひめ》さまはご無事《ぶじ》でございます！」

「ですから、どうぞ少し落ちつかれて、姫《ひめ》さまをおはなしくだされ！」

「若君《わかぎみ》のお手当てもせねばなりませぬゆえ、どうか！」

周囲《しゅうい》の者たちが口々にさけびかけていたが、雪耶《ゆきや》にはよく聞きとれなかった。ただ、自分の腕《うで》の中の姉に、呼《よ》びかけることしかできなかった。

ようやく、綺晶《きしょう》が目を開けた。雪耶《ゆきや》を見るなり、はっと青ざめた。

「ゆ、雪耶《ゆきや》……」

「姉上！」

あとは言葉にならなかった。雪耶《ゆきや》は姉を抱《だ》きしめた。

「雪耶《ゆきや》……わたくしは……そうだわ。部屋に白嵐殿《びゃくらんどの》がいらして……」

とまどったような姉のつぶやきを聞いたとたん、雪耶《ゆきや》の胸《むね》にふたたび怒《いか》りがたぎった。

「ご安心なさい、姉上。二度と、白嵐《びゃくらん》が姉上の前に現《あらわ》れることはありませぬ。あやつめはこの雪耶《ゆきや》が地《ち》の果《は》てまでも追いかけて、つぐないをさせましょう」

「ゆ、雪耶《ゆきや》……」

「だいじょうぶです。すべてわたしにまかせて、さ、姉上はお休みください。だれか。姉上を奥《おく》へ」

「雪耶《ゆきや》。ど、どこへ！」

「わたしはあやつを追います。……決して許《ゆる》さない」

ざわっと、胸《むね》の奥底《おくそこ》から憎《にく》しみがこみあげてきた。

すさまじい顔で、夜空を見上げる雪耶《ゆきや》。その髪《かみ》から色が抜《ぬ》けおちていき、月のような白色へと変《か》わっていくさまを、綺晶《きしょう》はわななきながら見つめていた。

その場にいるだれもがわかっていた。

白嵐《びゃくらん》狩《が》りがはじまるのだと。

7

それから五十年あまりが過《す》ぎた。あやかしにとっては、まばたきするほどのほんの短い時の流れ。だが、雪耶《ゆきや》にはさまざまな出来事が目まぐるしく過《す》ぎていった年月だった。

まず、姉の綺晶《きしょう》が嫁《とつ》いだ。雪耶《ゆきや》はだまって綺晶《きしょう》の夫《おっと》を受け入れた。この冴《さ》えぬあやかしは好《す》きではないが、姉が想《おも》い想《おも》われて夫婦《ふうふ》になるのなら、許《ゆる》せる気がした。

と言うより、他の者を憎《にく》む余裕《よゆう》がなかったというのが正直なところだろう。

雪耶《ゆきや》は白嵐《びゃくらん》にとりつかれたようなものだった。白嵐《びゃくらん》をひたすら追いまわし、何度も追いつめつつも、いつもあと一歩のところで取りにがしてしまう。そのたびに、雪耶《ゆきや》ははらわたが煮《に》えくりかえりそうだった。

一方の白嵐《びゃくらん》は、まるで逃《に》げるのを楽しんでいるかのようだった。長く身をひそめていたかと思えば、ふっとすがたを現《あらわ》す。それも、かならず綺晶《きしょう》の住まい近くにだ。

白嵐《びゃくらん》はいまだに綺晶《きしょう》をあきらめてはいない。じっと奪《うば》う機会《きかい》を狙《ねら》っているのだ。

雪耶《ゆきや》はますます張《は》りつめ、警戒《けいかい》を解《と》かなかった。

そんな中、大きな出来事が起こった。

綺晶《きしょう》の夫《おっと》が急死したのだ。もともと短命といわれていたそうで、そのことについては綺《き》晶《しょう》もわかっていたという。とはいえ、その落胆《らくたん》ぶりははげしかった。

雪耶《ゆきや》は寝《ね》ついてしまった綺晶《きしょう》を必死《ひっし》ではげまし、なぐさめた。身重ということもあって、綺晶《きしょう》の回復《かいふく》は遅《おそ》く、雪耶《ゆきや》は気が気ではなかった。

そんな雪耶《ゆきや》に、妖怪《ようかい》奉行所《ぶぎょうしょ》の奉行《ぶぎょう》にならぬかと、話が持ちかけられた。

雪耶《ゆきや》にしてみれば、願《ねが》ってもない話だった。奉行《ぶぎょう》になれば、さらなる力を手に入れられる。夫《おっと》が亡《な》くなり、気落ちしている綺晶《きしょう》を、ここぞとばかりに白嵐《びゃくらん》は狙《ねら》ってくるだろう。それを食い止めなくては。

雪耶《ゆきや》が奉行《ぶぎょう》の役目を引きうけたと聞くと、綺晶《きしょう》は床《とこ》の中でほほえんだ。

「おめでとう、雪耶《ゆきや》。しっかりおやりなさいね」

「はい。……これから前の奉行《ぶぎょう》であられた華宵公《かよいのぎみ》にあいさつをしてまいります。ですが、すぐにもどりますし、屋敷《やしき》にはいつも以上《いじょう》に固《かた》く結界《けっかい》を張《は》っておきます。どうぞご安心を」

「ええ。ええ。わたくしならだいじょうぶだから。気にせず行っていらっしゃい」

そうして弟が去ったあとのことだ。綺晶《きしょう》の部屋に美しい少女が現《あらわ》れた。

「失礼《しつれい》するぞえ、綺晶殿《きしょうどの》」

白い髪《かみ》をなびかせ、愛《あい》らしくほほえみながら、少女は言った。

「わらわは妖猫族《ようびょうぞく》の姫《ひめ》。名はたくさんあるが、いまは王蜜《おうみつ》の君《きみ》と呼《よ》ばれておる」

「……あなたのことは存《ぞん》じております。よくいらっしゃいました」

「うむ。本当はもっと早《はよ》うそなたに会いたかったのじゃ。したが、そなたの弟君が邪魔《じゃま》でのぅ。いまようやく会える機会《きかい》ができたわ。……まずはお悔《く》やみを申しあげる。ご夫君《ふくん》のこと、残念《ざんねん》であったの」

「いいえ。あれが……あの人の寿命《じゅみょう》でしたから。こうなるとわかっていて、それでもわたくしのわがままで夫婦《ふうふ》になってもらったのですから」

「……お幸せであったのだな？」

「ええ」

うなずく綺晶《きしょう》を、王蜜《おうみつ》の君《きみ》はじっとのぞきこんできた。その金の目がするどく光った。

「じつはの、綺晶殿《きしょうどの》にお聞きしたいことがあるのじゃ。……白嵐《びゃくらん》のことよ」

「……」

「あやつは綺晶殿《きしょうどの》をさらおうとしたという。じゃがな、あの白嵐《びゃくらん》がこのようなばかげたことをするとは、わらわにはどうしても思えぬ。綺晶殿《きしょうどの》に恋《こ》い焦《こ》がれていたというが、そうは思えぬのじゃ。あやつはむしろ、綺晶殿《きしょうどの》よりも雪耶《ゆきや》のほうを大切に思うていたはず」

「……」

「それなのに、白嵐《びゃくらん》は雪耶《ゆきや》を裏切《うらぎ》った。それがどうにも納得《なっとく》いかぬ。……綺晶殿《きしょうどの》なれば、わけを知っているのではないかえ？」

「……それを聞いて、どうなさるおつもりですか？」

「どうもせぬ。わらわはただ、このもやもやを取りはらいたいだけじゃ。ゆえに、なにを聞こうと、だれにも言わぬ」

「そのお言葉を信《しん》じてもよいのでしょうか？　猫《ねこ》の方々は気まぐれでいらっしゃいます」

「たしかに気まぐれじゃ。じゃが、約束《やくそく》は違《たが》えぬ。どうだえ？　話してはもらえぬかえ？」

しばらくの間、綺晶《きしょう》はだまっていた。やがて、小さく言った。

「王蜜《おうみつ》の君《きみ》。あなたの訪《おとず》れは、白嵐殿《びゃくらんどの》とまったく同じですね」
綺晶《きしょう》は目を閉《と》じた。たちまち、あの夜のことが色あざやかによみがえってきた。

あの夜、綺晶《きしょう》は一人で自室にいた。雪耶《ゆきや》が屋敷《やしき》にもどり、父によって牢《ろう》に入れられたことを聞いて、ため息をついていたのだ。

どうしてこうなってしまうのだろう。自分に愛《いと》しい相手ができたことを、弟にもよろこんでもらいたいだけなのに。どうして雪耶《ゆきや》には自分の気持ちがわからないのだろう。

もんもんとしていたときだ。ふいに、夜風が部屋に吹《ふ》きこんできた。と思うと、目の前に優美《ゆうび》な若者《わかもの》が立っていた。銀の目を伏《ふ》せ、赤い髪《かみ》を荒々《あらあら》しくのばした若者《わかもの》は、そっと口を開いた。

「いきなり来てすまない。わたしは……」
「ええ、存《ぞん》じております。白嵐殿《びゃくらんどの》ですね。雪耶《ゆきや》のお友だちの」
「……どうして知っている？」
「この前の封《ふう》じ舞《まい》で、二の舞手《まいて》をなさったでしょう？　あれはわたくしも見ておりました。そのきれいなお顔を、忘《わす》れるはずがありませんわ」

「……でも、あなたはわたしに惹《ひ》かれなかった。別《べつ》の男に恋《こい》をして、夫婦《ふうふ》になろうとしている」

「ええ、そうですわね。心というのは本当に不思議《ふしぎ》だと思います」

綺晶《きしょう》はほほえみながら返した。

「……お幸せそうだ」

「幸せですわ」

「だが、わたしの友はこわれかけている。雪耶《ゆきや》は……あなたを嫁《とつ》がせないために、ばかなことをしでかすつもりだ」

綺晶《きしょう》は息がつまった。白嵐《びゃくらん》の言葉が意味することを、すぐに悟《さと》ったのだ。

「まさか……いくらなんでも、そこまでのことは……」

「やる。雪耶《ゆきや》はわたしにそう言った」

「そんな……ゆ、雪耶《ゆきや》と話さなくては！」

「あなたの言葉はいまのあいつには聞こえない。説得《せっとく》はむだだ」

綺晶《きしょう》は泣《な》きくずれた。

「ど、どうして、こんなことにな、なってしまうの。わ、わたくしは愛《いと》しい方を失《うしな》いたくないし、愛《いと》しい弟も憎《にく》みたくない。わたくしは、わ、わがままなの？　そんなに、わ、わがままを言っているというの？」

だが、泣《な》きじゃくる綺晶《きしょう》の前でも、白嵐《びゃくらん》は静《しず》かだった。

「泣《な》くことは、いつでもできる。それよりも聞いてほしい。いまの雪耶《ゆきや》はあなたの恋人《こいびと》への憎《にく》しみでいっぱいだ。その心をほぐすのは不可能《ふかのう》だ。だから、注意を他に向けようと思う。すまないが、綺晶殿《きしょうどの》にも協力《きょうりょく》してもらう」

そう言って、白嵐《びゃくらん》は自分の策《さく》を打ちあけた。それを聞いて、綺晶《きしょう》はおどろいた。

「それはいけません！　そ、それでは、あ、あなたが……あなただけがつらい目にあうことになってしまいます！」

「いいのだ、綺晶殿《きしょうどの》」

白嵐《びゃくらん》の表情《ひょうじょう》は静《しず》かで穏《おだ》やかだった。

「わたしは、雪耶《ゆきや》からたくさんのものをもらったから。……今夜、わたしはうそをつく。そして、このうそはさいごまでつきとおす。あなたもそのつもりで、協力《きょうりょく》してほしい」

じりっと、白嵐《びゃくらん》は一歩、綺晶《きしょう》に近づいた。

綺晶《きしょう》はあせった。いろいろなことを伝《つた》えたいのに、心乱《みだ》れて、言葉が見つからない。

やっとのことで言った。

「いつの日か、あなたにかけがえのないものができることを願《ねが》っています。また心を預《あず》けられるような相手ができることを」

「それは雪耶《ゆきや》のために願《ねが》ってやりなさい。わたしは……もう無理《むり》だと思う」

「……ごめんなさい。わたくしたちのために」

「いいのだ」

軽く笑《わら》ったあと、白嵐《びゃくらん》は綺晶《きしょう》の首筋《くびすじ》に手刀《しゅとう》を打ちこんだ。

綺晶《きしょう》の記憶《きおく》はそこで途切《とぎ》れた。自分が白嵐《びゃくらん》にさらわれかけ、弟の雪耶《ゆきや》が必死《ひっし》に戦《たたか》って、取りもどしてくれたというのは、あとから聞かされた。そのとき、涙《なみだ》が止まらなかった。

もし、雪耶《ゆきや》が許婚《いいなずけ》を害《がい》していたら、綺晶《きしょう》は決して雪耶《ゆきや》を許《ゆる》さなかっただろう。一生、弟を拒絶《きょぜつ》し、二度と会おうとはしなかったはずだ。

そして姉に拒絶《きょぜつ》されれば、雪耶《ゆきや》の魂《たましい》はこわれていたことだろう。

そうなることを、白嵐《びゃくらん》はなにより食い止めたかったのだ。

綺晶《きしょう》を救《すく》うことで、雪耶《ゆきや》を救《すく》う。そのためには、憎《にく》しみを自分に向けさせるしかない。

だから、最悪《さいあく》の形で雪耶《ゆきや》を裏切《うらぎ》ることにしたのだ。

白嵐《びゃくらん》の狙《ねら》いどおり、雪耶《ゆきや》の怒《いか》りと憎《にく》しみは、白嵐《びゃくらん》に向けられた。おかげで、綺晶《きしょう》は無事《ぶじ》に嫁《とつ》ぐことができ、雪耶《ゆきや》の魂《たましい》がこわれることもなかった。

ただ一人、白嵐《びゃくらん》だけが大きな重荷を背負《せお》ったのだ。白嵐《びゃくらん》だけが……。

話を終え、うなだれている綺晶《きしょう》の前で、王蜜《おうみつ》の君《きみ》は納得《なっとく》したようにうなった。

「やはり、そういうわけであったか。……つらかったであろうな、綺晶殿《きしょうどの》。この秘密《ひみつ》、一人でかかえての五十年は長かったであろう」

「いいえ。わたくしはただ……卑怯《ひきょう》なだけです。申《もう》し訳《わけ》ないと心の中でわびながら、自分の幸せを守りつづけた。白嵐殿《びゃくらんどの》のやさしさにあまえぬいてきたのです」

「そのように言うものではないぞえ」

「なれど……」

「よいかえ、綺晶殿《きしょうどの》」

王蜜《おうみつ》の君《きみ》の眼《め》がきゅっと細まった。

「ただ一人の友を守るため、孤独《こどく》を選《えら》んだのは白嵐《びゃくらん》じゃ。たとえ、綺晶殿《きしょうどの》が拒《こば》んだとしても、白嵐《びゃくらん》は同じことをなしたであろうよ」

「……」

「じゃから、そのように自分を責《せ》めるのはやめることじゃ。まったく意味のないことよ」

そっけない言いようではあったが、猫《ねこ》の姫《ひめ》の声はやわらかくやさしかった。自分の心に食いこんでいる枷《かせ》が、少しだけゆるむのを、綺晶《きしょう》は感じた。

「ありがとうございます、王蜜《おうみつ》の君《きみ》」

「なに。先ほども言うたが、わらわは謎《なぞ》を解《と》きたかっただけじゃ。すっきりしたゆえ、これで失礼《しつれい》する。そなたの弟に、わらわがここにいるのを見られたら、ぎゃんぎゃんと、うるさくわめかれそうじゃ。……無事《ぶじ》にお子が産《う》まれるとよいの」

そう言って、王蜜《おうみつ》の君《きみ》は去っていった。

綺晶《きしょう》は、そっと自分の腹《はら》をなでた。

あと少しだけ、この子のために生きたい。

自分がこの出産《しゅっさん》で力と命を使いはたしてしまうことは、すでに先見の力で知っていた。

だが、すでに綺晶《きしょう》は覚悟《かくご》を決めていた。

(……ごめんなさいね、雪耶《ゆきや》。結局《けっきょく》わたくしは、あなたを悲しませてしまう。けれど、わたくしはもう決めてしまったから。この子を産《う》むと、決めてしまったから)

自分も白嵐《びゃくらん》と同じなのだと、ふと綺晶《きしょう》は気づいた。

みずから選《えら》んだことを貫《つらぬ》きとおしてしまう。身勝手ゆえの苦しさはつきまとうが、それでも後悔《こうかい》だけはしない。

やっと、綺晶《きしょう》はほほえんだ。

(もう無理《むり》と、白嵐殿《びゃくらんどの》はおっしゃっていたけれど……願《ねが》わくは、白嵐殿《びゃくらんどの》がふたたび幸せを見つけられますように)

雪耶《ゆきや》がもどってきたときも、綺晶《きしょう》はほほえんだままだった。

「姉上……ご機嫌《きげん》がよろしいのですか?」

「ええ、とても。それで、無事《ぶじ》に華宵公《かよいのぎみ》へのごあいさつはすんだの?」

「はい。新たに名もたまわりました。今後は月夜公《つくよのぎみ》と名乗るようにとのことです」

「月夜公《つくよのぎみ》……よい名だわ」

にこりと、綺晶《きしょう》は笑《わら》った。


半月後、男の赤子を産《う》みおとし、綺晶《きしょう》は椿《つばき》の花が落ちるように逝《い》った。

8

綺晶《きしょう》の死を知ったとき、白嵐《びゃくらん》ははげしい胸《むな》さわぎをおぼえた。最愛《さいあい》の姉を失《うしな》い、あの男はいったいどうしているだろう？いてもたってもいられず、白嵐《びゃくらん》は闇《やみ》にまぎれて、そっと雪耶《ゆきや》の屋敷《やしき》へと近づいた。気配を消して近づいたはずだった。だが、白嵐《びゃくらん》が庭先におりたつのと同時に、屋敷《やしき》の奥《おく》より雪耶《ゆきや》が現《あらわ》れた。

そのやつれたすがたに、白嵐《びゃくらん》は胸《むね》を突《つ》かれた。

だが、さらにおどろくようなことが起きた。こちらに向かって、雪耶《ゆきや》が声をはなってきたのだ。

「来ているのだろう、白嵐《びゃくらん》」

動揺《どうよう》しながらも、白嵐《びゃくらん》はゆっくりと闇《やみ》から出て、雪耶《ゆきや》の前へと歩いていった。白嵐《びゃくらん》のすがたを見ても、雪耶《ゆきや》は静《しず》かな顔をしていた。怒《いか》りも憎《にく》しみもない表情《ひょうじょう》に、白嵐《びゃくらん》はあせった。

「どうした、雪耶《ゆきや》？　すっかりふぬけたようすではないか。おまえらしくもない」

だが、この言葉にも、雪耶《ゆきや》は乗ってこなかった。それどころか、ふっと、笑《わら》ったのだ。

「白嵐《びゃくらん》よ。わたしは子を預《あず》かった。姉上の子だ。あらゆることから守り育てると、姉上と約束《やくそく》した。ゆえに、これからはその子がわたしのすべてとなる」

「……綺晶殿《きしょうどの》のかわりになるのか、その子は？」

「いや、かわりにはならぬだろうよ。姉上の血を引いていようと、姉上のかわりになる者など、どこにもおらぬ。それでもわたしは……その子のことだけを、これからは考えていこうと思う。もしかしたら……いつかは愛《いと》しく思えるようになるかもしれぬ」

「ずいぶんと弱気だな。雪耶《ゆきや》らしくない」

「わたしらしくないか。当然《とうぜん》だな。いまのわたしは、半身が欠《か》けてしまったできそこないだ。……姉上が亡《な》くなられてな、わたしは自分の身からすべてが抜《ぬ》けおちていくのを感じた。そうすると、不思議《ふしぎ》なもので、それまでに見えなかったものがいろいろと見えてきた。……たとえば、おまえと姉上のことだ」

「………」

「おまえは、姉上に惚《ほ》れていたと言った。だが、わたしはそれに気づかなかった。おまえからはそのような熱意《ねつい》は感じられなかったからな」

いまの雪耶《ゆきや》はかつてなく冷静《れいせい》になり、そしてすべてを知りかけている。だめだと、白嵐《びゃくらん》はあせった。気づいたらきっと、雪耶《ゆきや》は後悔《こうかい》するだろう。なぜもっと早く真実がわからなかったのかと。

なにより、すべてが明らかになったからといって、自分たちはもうもとにはもどれない。白嵐《びゃくらん》の犠牲《ぎせい》を知れば、雪耶《ゆきや》は一生悔《く》いていくことになるだろう。そして、悔《く》いる雪耶《ゆきや》を、白嵐《びゃくらん》はこれまた腫《は》れ物《もの》に触《さわ》るように気づかっていくことだろう。

そんなのはもう、友とは言えない。

白嵐《びゃくらん》はいきなり躍《おど》りかかった。ぎょっとしたように目を見開く雪耶《ゆきや》に向かって、腕《うで》をふりおろす。白嵐《びゃくらん》が生みだした刃風《やいばかぜ》は雪耶《ゆきや》の頬《ほお》を切りさき、血が飛《と》びちった。

ぼうぜんとしている雪耶《ゆきや》に、白嵐《びゃくらん》は笑《わら》いかけた。笑《わら》わないと、泣《な》いてしまいそうだったから。

「おまえの話はつまらないな、雪耶《ゆきや》。べらべらと、意味のないことばかり。そんなことをしゃべっているひまがあったら、わたしと遊べ。ほら、立て。わたしを楽しませろ」

「っ！」

雪耶《ゆきや》の目が燃《も》えあがった。

それでいいと、白嵐《びゃくらん》は笑《わら》った。

「それでこそ、我《わ》が友だ！ああ、やはり、おまえと遊ぶのが一番楽しいな！」

「だまれ！」

雪耶《ゆきや》の三本の尾《お》が龍《りゅう》のようにうねり、白嵐《びゃくらん》をからめとらえた。

ぎりぎりと、白嵐《びゃくらん》を締《し》めあげ、動きを封《ふう》じこんだあと、顔の片側《かたがわ》を真っ赤に染《そ》めながら、雪耶《ゆきや》は凍《い》てついた声で言

った。

「妖怪奉行所《ようかいぶぎょうしょ》の月夜公《つくよのぎみ》、一眼魔獣《いちがんまじゅう》の白嵐《びゃくらん》を捕《と》らえたり」

ああ、これですべてにけりがついたのだと、白嵐《びゃくらん》は悟《さと》った。

雪耶《ゆきや》、いや、月夜公《つくよのぎみ》は白嵐《びゃくらん》を殺《ころ》さなかった。そうするかわりに、白嵐《びゃくらん》の力の源《みなもと》である目玉を抜《ぬ》きとり、人界に追放したのだ。

見ず知らずの土地を、白嵐《びゃくらん》はあてどなく歩いた。目が見えずとも、それほど困《こま》ることはなかった。これでもうだれも傷《きず》つけずにすむと、むしろ満足《まんぞく》していた。

目玉がなくなることは、かつて望《のぞ》んでいたことだ。雪耶《ゆきや》にも打ちあけたことがある。

(あいつは……わたしの言葉をおぼえていたのだろうか？　罰《ばつ》と称《しょう》して、わたしに報《むく》いてくれたのだろうか？……きっとそうだ。あいつは、そういうやさしさを持っているから)

ほんの少しだけ、胸《むね》が温かくなった。

だが、むなしさも噛《か》みしめていた。

「……独《ひと》り、なのだな」

自分は結局《けっきょく》、孤独《こどく》なあやかしなのだ。もはや、大事と思えるものに出会えることはあるまい。呪《のろ》われた目を失《うしな》った自分を好《す》いてくれる者など、この先現《あらわ》れるはずがないではないか。

そのときだ。奇妙《きみょう》な気配を感じた。

穢《けが》れた強い瘴気《しょうき》。それと、子どもの泣《な》き声《ごえ》。

興味《きょうみ》がわいて、白嵐《びゃくらん》は声のするほうへと歩いていった。そして、一人の人間の子どもと出会ったのだ。

その子が必死《ひっし》にすがりついてくるので、しかたなく抱《だ》きあげてやった。その子が、自分の生涯《しょうがい》の宝《たから》となろうとは、そのときは思いもしなかったのだ……。

妖怪《ようかい》の子預《あず》かります3

2020年7月10日　初版
2022年7月8日　5版

著者
廣嶋玲子《ひろしまれいこ》

発行者
渋谷健太郎

発行所
(株)東京創元社
〒162-0814 東京都新宿区新小川町1-5
03-3268-8231(代)
http://www.tsogen.co.jp

装画・挿絵
Minoru

装幀
藤田知子

印刷
フォレスト

製本
加藤製本

乱丁・落丁本は、ご面倒ですが小社までご送付ください。
送料小社負担にてお取替えいたします。

ISBN978-4-488-02823-7　C8093